海《うみ》色《いろ》のANGEL《エンジェル》

②人《にん》魚《ぎょ》伝《でん》説《せつ》

池田美代子／作　尾谷おさむ／絵
手塚治虫／原案

講談社 青い鳥文庫

もくじ

1 打《う》ち明《あ》けられない真実《しんじつ》 6

2 神秘《しんぴ》の湖《みずうみ》 35

3 罪人《つみびと》 66

4 人魚伝説《にんぎょでんせつ》 82

5 別《わか》れ 105

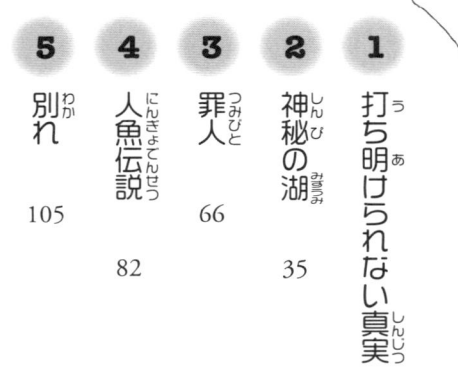

6 ノアの秘密《ひみつ》 116

7 ピューマの船《ふね》 141

8 双子《ふたご》のフラムとラルム 165

9 招《まね》かざる客《きゃく》 190

池田美代子《いけだみよこ》先生《せんせい》が解説《かいせつ》！ 人魚《にんぎょ》にまつわる伝説《でんせつ》 208

三分寸劇《ぶんすんげき》 もうひとつの人魚姫伝説《にんぎょひめでんせつ》 210

おもな登場人物《とうじょうじんぶつ》

ルーナ

罪《つみ》を犯《おか》して島《しま》から流《なが》された、
エンジェル島《とう》の王女《おうじょ》。

宋源《そうげん》ノア

資産家《しさんか》の娘《むすめ》。
何者《なにもの》かに誘拐《ゆうかい》される。

ソレイユ

ルーナの姉《あね》で、
エンジェル島《とう》の王女《おうじょ》。

宋源《そうげん》 海《かい》

ノアの兄《あに》。
乗《の》っていた船《ふね》が転覆《てんぷく》し、
行方不明《ゆくえふめい》に。

ピューマ

エンジェル島《とう》を支配《しはい》する
祈禱師《きとうし》。

宋源《そうげん》亜《あ》美《み》

ノアの母親《ははおや》。
夫《おっと》の死後《しご》、家《いえ》が破産《はさん》。

これまでのあらすじ

　エンジェル島《とう》の王女《おうじょ》ルーナは、はなれ小島《こじま》の海岸《かいがん》でずぶ濡《ぬ》れになって倒《たお》れているところを修道女《しゅうどうじょ》に助《たす》けられた。日々《ひび》の生活《せいかつ》のなかで元気《げんき》をとりもどしていくが、過去《かこ》の記憶《きおく》はもどらないまま。

　そんなある日《ひ》、宋源海《そうげんかい》と名《な》のる資産家《しさんか》があらわれ、自分《じぶん》の妹《いもうと》に瓜二《うりふた》つのルーナを養子《ようし》にしたいと言《い》ってきた。宋源家《そうげんけ》に引《ひ》きとられたルーナは、そこで自分《じぶん》にそっくりな少女《しょうじょ》ノアと出会《であ》う。ノアにたのまれ、ルーナは代《か》わりに学校《がっこう》へ通《かよ》いはじめたが、ノアが何者《なにもの》かに誘拐《ゆうかい》されてしまい——。

1 打《う》ち明《あ》けられない真実《しんじつ》

～ルーナの章《しょう》～

朝食《ちょうしょく》のメニューはトースト一枚《まい》とアップルティー。以上《いじょう》。

今《いま》までの宋源家《そうげんけ》の朝食《ちょうしょく》だったら、チーズとマッシュルームとパセリの入《はい》ったオムレツに、カリカリに焼《や》いたベーコン。フレッシュトマトと生《なま》ハムのサラダ。ヨーグルトはキウイのソースをかけて。フルーツは一年中《いちねんじゅう》、メロンでもスイカでもイチゴでも好《す》きなものをオーダーできる。パンはもちろん自家製《じかせい》。さくさくのデニッシュやクロワッサン。紅茶《こうちゃ》も厳選《げんせん》されたとっておきの茶葉《ちゃば》を、ロイヤルミルクティーでいただきます。

それが宋源《そうげん》ノアの日常《にちじょう》だった。

もっとも、ノアはいつもお寝坊《ねぼう》で遅刻《ちこく》ぎりぎりまで寝《ね》ているから、朝食《ちょうしょく》はほとんど食《た》べないで出《で》てしまう。だから日常《にちじょう》というのは正《ただ》しくない。休日《きゅうじつ》の朝食《ちょうしょく》、と訂正《ていせい》します。

けれど、今《いま》、食卓代《しょくたくが》わりの組《く》み立《た》て式《しき》のテーブルの上《うえ》に載《の》っているのは、質素《しっそ》な食事《しょくじ》。賞味期限間際《しょうみきげんまぎわ》の値引《ねび》きされた食《しょく》パンと、お徳用《とくよう》ティーバッグひとつでふたり分《ぶん》いれたアップルティーだけ。普通《ふつう》のティーバッグよりほんのちょっと高級《こうきゅう》なアップルティーが、精一杯《せいいっぱい》の贅沢品《ぜいたくひん》。

ノアのパパ、宋源波太郎《そうげんなみたろう》が亡《な》くなって、パパの脱税《だつぜい》や仕事上《しごとじょう》の不正《ふせい》が明《あか》るみに出《で》た今《いま》、宋源家《そうげんけ》は破産《はさん》してしまった。

豪邸《ごうてい》を追《お》い出《だ》されたわたしとママはこうして、古《ふる》くてせまいアパートでの生活《せいかつ》を始《はじ》めた。

ママに大《おお》きな秘密《ひみつ》を抱《かか》えたまま。

だって、わたしは『宋源《そうげん》ノア』じゃない。

まったくの別人《べつじん》。本当《ほんとう》のわたしの名《な》は、ルーナ。

記憶《きおく》をなくして海岸《かいがん》で倒《たお》れているところを、修道院《しゅうどういん》のシスターに助《たす》けられた。

修道院《しゅうどういん》での生活《せいかつ》に慣《な》れてきたころ、理由《わけ》あってノアの家《いえ》に連《つ》れてこられた。

ノアとはまったく同《おな》じ顔《かお》をしていたから。双子《ふたご》以上《いじょう》のクローンのようだと、ノアは言《い》っていた。

このことを知《し》っているのは、ノアの兄《あに》である海《かい》にいさまと、パパと側近《そっきん》の渡辺《わたなべ》さんだけ。けれど、知《し》っている人《ひと》はみんないなくなってしまった。

パパと渡辺《わたなべ》さんは交通事故《こうつうじこ》で亡《な》くなった。

海《かい》にいさまが乗《の》った船《ふね》は転覆《てんぷく》し、いまだ遺体《いたい》の確認《かくにん》はできていない。だけど、遺体《いたい》がないままお葬式《そうしき》を出《だ》したのだ。わたしは海《かい》にいさまの死《し》は信《しん》じたくない。けっして信《しん》じていない。

そして、ノアも行方不明《ゆくえふめい》……。

白《しろ》いオウムのシュシュと白猿《しろざる》のブランが教《おし》えてくれた。

『ノア、ピューマ、コワイ、ピューマ。』と。

はじめに聞《き》いたときは、「ピューマ」という言葉《ことば》がわからず、てっきり誘拐《ゆうかい》グループ『XYZ《エックスワイゼット》』の仕業《しわざ》だと思《おも》っていた。海《かい》にいさまが心配《しんぱい》していたことが起《お》こってしまったのだと。だけど、その後《ご》、記憶《きおく》がよみがえったわたしは、その名前《なまえ》にふるえた。

ピューマ！　思《おも》いだしたのだ。おそろしいその名前《なまえ》。

わたしに死刑《しけい》を宣告《せんこく》した祈禱師《きとうし》、ピューマ。

ノアはわたしとまちがえられて誘拐《ゆうかい》されてしまったのだわ！

「ノア、これだけじゃ、お腹《なか》すいちゃうわね。ごめんね。」

ママの声《こえ》でわれに返《かえ》った。

「ううん、わたしなら大丈夫《だいじょうぶ》。だって、わたしはもともと朝食《ちょうしょく》を食《た》べなかったでしょ。今《いま》のほうがちゃんと食《た》べているくらいよ。心配《しんぱい》しないで。ほら、ママ、もうパートの時間《じかん》よ。」

ママは近所《きんじょ》のスーパーでパートが決《き》まった。

ママは今《いま》まで、画家《がか》として絵《え》を描《か》く仕事《しごと》のほかは、アルバイトさえしたことがなかった。だから、よく採用《さいよう》してくれたわ、と喜《よろこ》んでいた。レジを打《う》ったり、商品《しょうひん》に値札《ねふだ》をつけたり、ようやく仕事《しごと》に慣《な》れたと言《い》ってたっけ。

「あら、いけない。じゃあ、ママは行《い》ってくるわね。ノア、戸締《とじ》まりを忘《わす》れないでね。それからクローネの餌《えさ》とお水《みず》も。シュシュ子《こ》とブラン太《た》は……。」

「まかせておいて。シュシュとブランはすでに朝食《ちょうしょく》の調達《ちょうたつ》に出《で》かけていったから大丈夫《だいじょうぶ》よ。行《い》ってらっしゃい！」

ママがバタバタと行《い》ってしまうと、籠《かご》のなかで寝《ね》ている黒《くろ》い仔猫《こねこ》のクローネを起《お》こさないように、制服《せいふく》に着替《きか》えた。窓《まど》をほんの十五センチほど開《あ》けて、市販《しはん》の器具《きぐ》で固定《こてい》する。防犯《ぼうはん》のため、これ以上《いじょう》開《あ》かないように、百円《えん》ショップで買《か》ってきた。

でも、空《あ》き巣《す》に入《はい》られて困《こま》るようなものは何《なに》もない。

わたしの教科書《きょうかしょ》とママが描《か》いたノアの絵《え》。それからクローネ以外《いがい》は。

窓《まど》を開《あ》けたのは、食事《しょくじ》をかねて散歩《さんぽ》に出《で》かけたシュシュとブランがもどってきたとき、ちゃんと入《はい》れるようにするため。

クローネの水《みず》とキャットフードを用意《ようい》すると、カバンを持《も》ってそっとドアを開《あ》けた。

聖《せい》クラリス学院《がくいん》はミッションスクール。

いわゆるお嬢《じょう》さま学校《がっこう》。破産《はさん》した宋源家《そうげんけ》には、とてもはらえる学費《がくひ》ではなかったけれど、学院長《がくいんちょう》のご厚意《こうい》で、初等部《しょとうぶ》の卒業《そつぎょう》まで奨学生《しょうがくせい》として通《かよ》わせていただけることになった。

ノアがもどってきたとき、それだけでも救《すく》いになると、学院長《がくいんちょう》に感謝《かんしゃ》した。

わたしもせっかく仲良《なかよ》くなれた、同《おな》じ学校《がっこう》に通《かよ》う楓《かえで》と樹里《じゅり》と別《わか》れるのはさびしかったので、うれしかった。

「ノア、ごきげんよう。」

教室《きょうしつ》に入《はい》ろうとしたら、楓《かえで》にぽんと肩《かた》をたたかれた。

「ねえ、昨日《きのう》の……。」

と言《い》ったきり、楓《かえで》の唇《くちびる》は「の」の形《かたち》のまま止《と》まってしまった。それから、「ごめん。」と小《ちい》さな声《こえ》で謝《あやま》ったあと、とりつくろうように、「夕飯《ゆうはん》はなんだった？」と続《つづ》けた。

きっと、楓《かえで》は昨日《きのう》の歌《うた》ステ観《み》た？　と聞《き》きたかったんだと思《おも》う。だけど、うちにはテレビがない。無理《むり》すれば中古《ちゅうこ》が買《か》えなくもないけれど、当分《とうぶん》は節約《せつやく》することに決《き》めていたから。もちろん、携帯《けいたい》もパソコンもない。生活《せいかつ》するうえでの必要最小限《ひつようさいしょうげん》以外《いがい》のものは、すべて贅沢品《ぜいたくひん》だから。

楓《かえで》は、いまだにわたしがアパートでつましい暮《く》らしをしていることを、たまに忘《わす》れてしまう。仕方《しかた》ないと思《おも》う。だって、この学院《がくいん》の人《ひと》たちにとっては、想像《そうぞう》できない生活《せいかつ》だもの。

それでも、楓《かえで》も樹里《じゅり》も今《いま》までどおり友達《ともだち》として、態度《たいど》を変《か》えることがないのが、うれしい。心《こころ》からうれしい。

宋源家《そうげんけ》のことは、クラスメートはもちろん学院中《がくいんじゅう》の生徒《せいと》が知《し》っている。だって、ニュースでも大々的《だいだいてき》に報道《ほうどう》されたから。

だからなのね、といまさら思《おも》ったのは、ママがすんなりパートが決《き》まったこと。宋源《そうげん》という苗字《みょうじ》はあまりない。だからきっとスーパーの人《ひと》も察《さっ》してくれたのかもしれない。それとも、まさかと思《おも》われたかも。いずれにしても、この学院《がくいん》の生徒《せいと》は、わたしがあの宋源家《そうげんけ》のひとり娘《むすめ》、ノアだということを知《し》っている。（本当《ほんとう》のわたしは別人《べつじん》だけど。）

育《そだ》ちのよい生徒《せいと》のみんなは、あからさまに意地悪《いじわる》をしない。けれど、やっぱり奨学生《しょうがくせい》としての特別扱《とくべつあつか》いは、よくは思《おも》われない。

それに……。ノアは今《いま》までずっと素行《そこう》がよくなかった。はっきりいうと不良《ふりょう》。学院内《がくいんない》では問題《もんだい》を起《お》こさないし、平凡《へいぼん》な生徒《せいと》のひとりを装《よそお》っていたけれど、一歩《いっぽ》、学院《がくいん》を出《で》れば、楓《かえで》と樹里《じゅり》とともに派手《はで》なかっこうをして街《まち》に出《で》て、夜遅《よるおそ》くまで遊《あそ》び歩《ある》いていた。

ノアは誰《だれ》にも見《み》られたことがないし、誰《だれ》もわたしたちだって気《き》づいていない、と自信《じしん》満々《まんまん》だったけれど。それはなんの根拠《こんきょ》もなかった。

不良《ふりょう》だというウワサはあったと思《おも》う。ノアに成《な》り代《か》わったことで、わたしも感《かん》じたくらいだから。そうはいっても、本人《ほんにん》だってうすうすわかっていたはず。

素行《そこう》の悪《わる》い生徒《せいと》だなぜ奨学生《しょうがくせい》となれたか。

いくら、学院内《がくいんない》でおとなしくしていたって、みんなは納得《なっとく》できないかもしれない。

「きっと、寄付金《きふきん》をたくさんしていたんだわ。」と、かげでそう言《い》われたのを下駄箱《げたばこ》のすみで聞《き》いてしまったことがある。

きたないお金《かね》で寄付金《きふきん》を積《つ》んだのね、と。

仕方《しかた》ないと思《おも》った。何《なに》もかも事実《じじつ》なのだから、受《う》け入《い》れるしかない。それでも、この学《がく》院《いん》は好《す》きだし、楓《かえで》と樹里《じゅり》のおかげで楽《たの》しいことのほうが多《おお》かった。

だからこそ、ずっと迷《まよ》っていることがあった。

「ねえ、ちょっと寄《よ》り道《みち》しない？」

いつの間《ま》に教室《きょうしつ》に入《はい》ってきたのか、樹里《じゅり》はわたしの席《せき》に来《く》るなり、そう提案《ていあん》した。

「急《きゅう》にクレープが食《た》べたくなっちゃった。」

いつものクールな樹里《じゅり》らしくない。クレープなんてあまり好《す》きじゃなかったはずなのに。

「え。でも……。」

楓《かえで》が遠慮《えんりょ》がちにわたしを見《み》る。確《たし》かに、今《いま》は一円《えん》だって無駄使《むだづか》いはできない。

「わたしがおごるから。」

樹里《じゅり》はそう言《い》ったけれど、それもらしい、い、らしくない。何《なに》かわたしたちに話《はな》したいことがあるのかしら、そんな気《き》がした。

そこで思《おも》いきって言《い》ってみた。

「よかったら、うちに来《こ》ない？」

「え？　ノアのおうち？　……だってノアのうちって……。」

楓《かえで》が言《い》いにくそうに、語尾《ごび》を濁《にご》した。

「うん、アパートよ。うんとせまいしテレビもないけど……でもね。」

わたしは「これは秘密《ひみつ》なんだけど。」と言《い》うと、ふたりにそっと耳打《みみう》ちした。

「アパートではペット禁止《きんし》だからないしょだけど、じつはかわいい仔猫《こねこ》がいるの。それから、あと二匹《ひき》……。」

「ほんとっ？」

「あと二匹《ひき》って！　……じゃあ、三匹《びき》も猫《ねこ》を飼《か》ってるの？」

すごーいと、楓《かえで》は目《め》を見開《みひら》いた。樹里《じゅり》もおどろいたようだったので、わたしはあわててさらに声《こえ》をひそめた。

「ううん、猫《ねこ》じゃないの。」

「じゃあ、犬《いぬ》？」

「ううん。」

「小鳥《ことり》？」

「えっと、小鳥《ことり》といっていいのかよくわからないけど、一羽《わ》は鳥類《ちょうるい》ね。あとは来《き》てからのお楽《たの》しみ。」

ふたりはいよいよ目《め》を輝《かがや》かせた。

「カナリアかな。文鳥《ぶんちょう》？　なんだろう！」

「行《い》く！　ああ今《いま》から楽《たの》しみ！」

ふたりの笑顔《えがお》を見《み》ながら、わたしはまだ迷《まよ》っていた。

——あのとき。

いよいよ、ノアの行方不明《ゆくえふめい》が決定《けってい》したとき。

わたしはわたしがノアじゃなくて、ルーナだってことを、このふたりには打《う》ち明《あ》けようとした。そう決心《けっしん》した。そのつもりだったのに……。

いざ、ふたりを前《まえ》にすると、とても言《い》い出《だ》せなかった。

まず信《しん》じてもらえるのかどうか。赤《あか》の他人《たにん》なのにどうしてそっくりなの、と聞《き》かれたらどうしよう。困《こま》る。だって、それは当《とう》のわたしにもノアにも、わからないのだから。

信《しん》じてもらえたとして、それなら今《いま》までだましていたのかって言《い》われてしまうだろう。だますつもりはなかったなんて言《い》えない。実際《じっさい》、少《すこ》しの間《あいだ》ノアとわたしのふたりが入《い》れ替《か》わる、そのつもりだったんだもの。

それから、いちばん大切《たいせつ》なこと。それは、ノアが誘拐《ゆうかい》されたかもしれないってことをふたりに告《つ》げることだ。このことは、ほかの誰《だれ》も知《し》らない。ママだって知《し》らない。

でも……。誰《だれ》も信《しん》じてくれなかったことを、ふたりが信《しん》じてくれるかな。

とても自《じ》信《しん》がなかった。信《しん》じてくれないだけなら、まだいい。おかしな子《こ》だって思《おも》われて、ふたりがはなれていってしまったら……。

そう考《かんが》えるだけで、勇《ゆう》気《き》がしぼんでしまうのだ。

何《なに》か証《しょう》拠《こ》があればいいのに。わたしがノアじゃないという証《しょう》拠《こ》。

ふたりのちがいはたくさんあるけれど、みんなにもわかる確《かく》実《じつ》なちがいってなんだろう。そうだ、ほくろ！

ノアはおでこに。わたしは耳《みみ》に。

だけど、ほくろのことなんて、樹《じゅ》里《り》と楓《かえで》に言《い》ったところで、ぽかんとされてしまうだろう。わたしはふたりに気《き》づかれないように、そっとため息《いき》をついた。

「ここよ。」

ふたりを案《あん》内《ない》して、アパートの前《まえ》まで来《く》るとわたしは立《た》ち止《ど》まった。

「えっ。どこ?」

楓《かえで》はきょろきょろとあたりを見回《みまわ》している。

「だから、ここよ。この『しじみ荘《そう》』というのが、わたしとママの住《す》んでいるアパートよ。」

「こ、こ、ここ……?」

楓《かえで》はにわとりのようにコココココとくりかえし、樹里《じゅり》は、

「そっか。ここね。なかなかいいところじゃない。しじみ荘《そう》っていうのもいい!」

とさすがに表情《ひょうじょう》を変《か》えない。

「ほら、なんていうの? 昭和《しょうわ》っぽいっていうのかな。そう! レトロな感《かん》じ。」

樹里《じゅり》は楽《たの》しそうだった。

「ありがとう。二階《かい》がうちなのよ。」

楓《かえで》はおどろいて開《ひら》きっぱなしになっていた口《くち》をようやく閉《と》じると、「そう、レトロだよね、レトロ。それにやっぱりしじみだよね。アサリよりハマグリよりしじみだよ。なんたってアミノ酸《さん》のニコチンが多《おお》く含《ふく》まれてるんだから。」と、いちばん後《うし》ろからおそるお

そる階段《かいだん》を登《のぼ》ってきた。

「うんうん。でも、楓《かえで》、おしい！　ニコチンじゃなくてオルニチンね。」

樹里《じゅり》が訂正《ていせい》を入《い》れる。

「ようこそ、わが家《や》へ！」

ドアを開《あ》けると、とたんに三匹《びき》が迎《むか》えてくれた。

クローネが足《あし》にまとわりつき、ブランは勢《いきお》いよく頭《あたま》に飛《と》び乗《の》り、シュシュは「オカエリ
オカエリ。」とけたたましく鳴《な》いた。

「ひゃあ！　ネコ！　オウム！」

「うわっ！　白《しろ》い、さ、サル!?」

楓《かえで》と樹里《じゅり》がさけび声《ごえ》をあげた。

「オカエリ。ルーナ、オトモダチ。ルーナノオトモダチ。」

わたしは急《いそ》いで食《しょく》パンの耳《みみ》をちぎると、シュシュのくちばしに入《い》れて黙《だま》らせた。

わたし以外《いがい》の人《ひと》の前《まえ》ではノアと呼《よ》ぶようにと言《い》いきかせてあるのに、シュシュは興奮《こうふん》す
ると、つい『ルーナ。』と本当《ほんとう》のわたしの名前《なまえ》を呼《よ》んでしまう。

「いつから？　ねえ、いつから、こんなにたくさんのペットを飼《か》ってるの？　ないしょにしてたなんてズルイ。」

楓《かえで》はクローネを抱《だ》っこしながら、シュシュの頭《あたま》をこちょこちょっとなでた。

「このコたちの名前《なまえ》はなんていうの？」

樹里《じゅり》はブランの尻尾《しっぽ》をそっと触《さわ》りながら聞《き》いた。

「猫《ねこ》がクローネ、オウムがシュシュでサルがブランよ。ふたりのことがいっぺんに好《す》きになったみたいね。」

「よくなついてるのね。でも、白《しろ》いおサルさんなんて、ペットショップでもなかなか見《み》かけないけど。」

樹里《じゅり》がめずらしそうにブランを見《み》ている。

「この子《こ》たち、ペットショップで買《か》ったわけじゃないの。クローネは廃墟《はいきょ》の屋根《やね》に登《のぼ》っていて降《お》りられなくなっていたところを救助《きゅうじょ》したの。シュシュとブランは、前《まえ》のうちにいたときに、ま、迷《まよ》いこんできたのよ。」

「じゃあ、もしかしたら、どこかのおうちで飼《か》われていたのかもしれないじゃない？」

「う……ん、そうね。でも、この二匹《ひき》は自由《じゆう》なのよ。わたしがいないあいだはどこかに行《い》ってるみたいだけど、また、ここにもどってくるの。」

まさか、昔《むかし》からエンジェル島《とう》でいっしょに暮《く》らしていた仲間《なかま》だ、なんて言《い》えない。

「どうぞあがって。せまいけれど適当《てきとう》にくつろいで。今《いま》、紅茶《こうちゃ》をいれるわ。あ、ストーブもつけるわね。」

「おじゃましまーす。」

楓《かえで》はすっかりクローネが気《き》にいったらしく、ずっと抱《だ》っこしたまま「クローネちゃんはお腹《なか》すかないでちゅか。今度《こんど》、ビスケットかパンを持《も》ってきてあげまちゅね。」と、赤《あか》ちゃん言葉《ことば》で話《はな》しかけている。

「あ、そうだ。ドーナッツを持《も》ってきたんだ。」

楓《かえで》はカバンから、がさごそと袋《ふくろ》を取《と》り出《だ》した。

「これね、わたしがいちばん好《す》きなやつ。ミスドのハニーディップ！」

「あ、わたしも好《す》き。シンプルなのがいいよねー。それにしても、このドーナッツずっと持《も》ってたの？　家《いえ》からずっと？　今日《きょう》は突然《とつぜん》、ノアんちにおじゃますることになったでしょ？　だからお土産用《みやげよう》に持《も》ってきたんじゃないよね？」

樹里《じゅり》があきれたような顔《かお》をしている。

「うん。だっていつも持《も》ってきてるよ。毎日《まいにち》だよ。樹里《じゅり》、知《し》らなかったの？」

「知《し》るわけないじゃん。毎日《まいにち》って……。いつ食《た》べてたのよ。楓《かえで》ってほんと変《か》わってる。」

「一日《にち》一個《こ》、これを食《た》べないといられないんだよー。」

「一個《こ》って。これ、三つも入《はい》ってるじゃん。」

樹里《じゅり》が楓《かえで》に「食《く》いしん坊《ぼう》なのか変人《へんじん》なのか。」とからかっていると、

「♪ドーナッツ。ナッツ、ナッツ。ワタシハ　ピーナッツガスキッ。」

いきなりシュシュが歌《うた》うようにしゃべった。

樹里《じゅり》はシュシュに「よくおしゃべりできるね。ほかに何《なに》がしゃべれるの？」と聞《き》いている。「ナンデモハナシマス。デモネ、ナイショノハナシ、ハナセマセン。」と、シュシュが答《こた》えると、ふふふと楽《たの》しそうに笑《わら》っている。

「ナイショの話《はなし》なんてあるの？　それを聞《き》かせてよ。」と言《い》うと、

「イイエ。ケッシテハナセマセン。ハカバマデモッテイキマス。」と返《かえ》され、樹里《じゅり》にして

はめずらしくさらに大《おお》きな声《こえ》で笑《わら》った。

それからブランと握手《あくしゅ》して、「よろしくね。わたしは樹里《じゅり》よ。」と言《い》い、ブランもよろしく、というように頭《あたま》をさげるのを見《み》て、「すごい！　シュシュもブランも、なんてお利口《りこう》なの！」と感激《かんげき》していた。

「ノアんちのアパートって、まるで小《ちい》さな動物園《どうぶつえん》みたいだねー。いいなー。」

楓《かえで》はクローネに頰《ほお》ずりしながら、しみじみと言《い》う。

「面白《おもしろ》い子《こ》たちでしょ。みんないい子《こ》たちなの。うちはね、わたしとママのふたりっきりじゃなくて、この子《こ》たちも家族《かぞく》なのよ。」

トレイに紅茶《こうちゃ》と、楓《かえで》が持《も》ってきてくれたドーナッツを載《の》せるお皿《さら》を置《お》く。樹里《じゅり》が「そうだね。ペットじゃなくて家族《かぞく》だよね。」とつぶやいた。

楓《かえで》があらたまったように「あのね、ノア。」とわたしを呼《よ》ぶ。

「なあに？」

「うん……。えっと……。ノアはこんなかわいい家族《かぞく》と暮《く》らしていて幸《しあわ》せそうなのに、勝《かっ》手《て》にかわいそうだって同情《どうじょう》していた。ごめんね。」

「ううん……。そんな……。謝《あやま》らないで。」

なんて言《い》っていいかわからない。謝《あやま》るのはわたしのほうだった。ふたりをだましていた。ううん、いまだに真実《しんじつ》が言《い》えない。すると、今度《こんど》は樹里《じゅり》までもがあらたまったように、わたしを呼《よ》ぶ。

「ノア。」

「な、なあに。」

心臓《しんぞう》がどきどきする。そうだった、と思《おも》いだす。もともとは樹里《じゅり》に、久《ひさ》しぶりに放課後《ほうかご》いっしょにと誘《さそ》われたことがきっかけで、うちに来《き》たらと言《い》ったのだった。きっと、樹里《じゅり》は何《なに》か話《はな》したいことがあるだろうって。

樹里《じゅり》はいったい、わたしに何《なに》を話《はな》すのだろうか。

「バカみたいな話《はなし》なんだけど。だからといってスルーすることもできないような……。」

そんな前置《まえお》きが樹里《じゅり》らしくない。

「樹里《じゅり》がスルーできないってよっぽどだよね。どういうこと？」

楓《かえで》も不気味《ぶきみ》そうに聞《き》き返《かえ》す。

「隣《となり》のクラスの子《こ》が話《はな》しているのが聞《き》こえたんだ。ノアのこと。」

「わたしのこと？」

「うん。前《まえ》にわたしもつい言《い》っちゃったことがあったけど、まるで別人《べつじん》みたいだって。」

やっぱり、そのことだった。その先《さき》を聞《き》くのが怖《こわ》かった。だけど、聞《き》かなくちゃいけないと思《おも》った。ただ、どう返事《へんじ》していいかわからなくて、あいまいにうなずいた。

「別人《べつじん》のわけないじゃん。」

楓《かえで》が怒《おこ》ったように言《い》う。

「そんなわけないでしょ。もし、ノアに双子《ふたご》がいるっていうなら、入《い》れ替《か》わりもあるかもしれないけどさ。そんな話聞《はなしき》いたことないし、ありえないよ。」

樹里《じゅり》は楓《かえで》の言葉《ことば》に答《こた》えず、ただ、淡々《たんたん》と言《い》った。

「明《あき》らかに変《か》わったのが話《はな》し言葉《ことば》。それから、とびぬけて歌《うた》がうまくなったこと。授業《じゅぎょう》も熱心《ねっしん》に受《う》けるし、とてもまじめ。みんなに優《やさ》しくて、誰《だれ》にでも挨拶《あいさつ》する。」

「それだけでしょ。」

楓《かえで》が言《い》う。

「話《はな》し方《かた》を変《か》えればすむことじゃない。歌《うた》がうまくなったのだって、もしかしたらもともとうまかったのに、わざとそれをかくしていたのかもしれない。まじめになったのも、みんなに挨拶《あいさつ》するのも、心《こころ》を入《い》れ替《か》えたからでしょ。そうだよね、ノア。わたしだって、はじめはとまどったけれど、でも、いつもいっしょにいるんだよ。こんなに近《ちか》くにいて、いっしょにいて、ノアじゃない人《ひと》をノアだって思《おも》うわけないよ。」

楓《かえで》は一生懸命《いっしょうけんめい》だった。まるで自分自身《じぶんじしん》に言《い》いきかせているみたいに。

「そうだよ。もちろん、わたしだって別人《べつじん》だなんて思《おも》ってない。勝手《かって》な根《ね》も葉《は》もないウワサで。ただ、さっきも言《い》ったようにその子《こ》たちが話《はな》していたのは、ちょっとオカルトっぽかったんだよ。ノアが別人《べつじん》みたいになってから、すぐにその……。」

樹里《じゅり》は言《い》いにくそうだった。わたしは樹里《じゅり》が何《なに》を言《い》いたいのかわかった。

「すぐに、パパが事故《じこ》で死《し》んでしまった。そこから、うちの……宋源家《そうげんけ》の不幸《ふこう》が続《つづ》いた……ってことね。」

わたしがそう言《い》うと、樹里《じゅり》はうなずいた。

「偶然《ぐうぜん》とは思《おも》えない。まるで……仕組《しく》まれたことみたいだと。」

樹里《じゅり》がそう言《い》うと、楓《かえで》が眉《まゆ》を寄《よ》せた。

「仕組《しく》まれた？　どういうこと？」

「すべては誰《だれ》かが、ううん、個人的《こじんてき》な誰《だれ》かじゃない。裏《うら》で動《うご》いている組織《そしき》があるんじゃないかって。」

「組織《そしき》？」

わたしはつい、そう聞《き》いてしまった。まさか、ピューマのことを知《し》っている人《ひと》がいるとは思《おも》えないけど。

「うん。ねえ、ノア、辛《つら》い過去《かこ》のことを言《い》ってごめんね。過去《かこ》に誘拐《ゆうかい》されたことがあるでしょう。」

樹里《じゅり》が何《なに》を聞《き》きたいのかわからないけれど、わたしはうなずいた。

「たしか犯人《はんにん》は火事《かじ》で死《し》んでしまったってニュースであったたって。あれをうらんでいる犯《はん》人《にん》の身内《みうち》。まったく逆恨《さかうら》みもいいとこなんだけど。それか、ほかにも犯人《はんにん》がいたんじゃないかって。あの事件《じけん》はいろいろ謎《なぞ》があったたって。今《いま》でも興味《きょうみ》を持《も》ってる子《こ》がいて……っていうか、たぶん、親《おや》が言《い》ってるんだよね。それで、都市伝説《としでんせつ》みたいになったウワサが流《なが》れてくるんだよ。」

「あ、それ、わたしも聞《き》いたことがある。バカバカしいからスルーしたけど。」

楓《かえで》が不愉快《ふゆかい》そうに口《くち》をへの字《じ》にした。

「でね、ここからがスルーできないってこと。今《いま》いるノアはホンモノじゃなくて影武者《かげむしゃ》なんじゃないかって。ホンモノのノアは……。」

樹里《じゅり》の言葉《ことば》は、またとぎれた。わたしは樹里《じゅり》の言《い》った「影武者《かげむしゃ》」に衝撃《しょうげき》を受《う》けて、何《なに》も言《い》えずにいた。楓《かえで》は「なによ、どういうこと？　ホンモノのノアはなんなのよ。」と不安《ふあん》そうに聞《き》いた。

樹里《じゅり》はわたしの顔《かお》を見《み》ずに言《い》った。

「ホンモノのノアは……もう、……もう、すでに死《し》んでいるんじゃないかって。」

「ひどい！」

楓《かえで》は立《た》ち上《あ》がった。楓《かえで》の膝《ひざ》からすべり落《お》ちたクローネが小《ちい》さく鳴《な》いた。

「ひどいよ！」

楓《かえで》はもう一度《いちど》くりかえした。

「そんなデマを、樹里《じゅり》は黙《だま》って聞《き》いてたの!?」

樹里《じゅり》は首《くび》をふった。

「黙《だま》っているわけないじゃない。すぐに言《い》ったよ。どこの誰《だれ》がそんなウワサを流《なが》してるんだって。許《ゆる》さないよって脅《おど》したよ。」

「誰《だれ》が言《い》い出《だ》したの!」

「わからなかった。」

樹里《じゅり》は首《くび》をふった。

「本当《ほんとう》に知《し》らないみたいだった。学院内《がくいんない》じゃなくて、みんなが通《かよ》っている塾《じゅく》のテーブルに、怪文書《かいぶんしょ》がばらまかれてたって。」

「カイブンショ……？　それって『竹《たけ》やぶ焼《や》けた』とか『布団《ふとん》がふっとんだ』ってやつ？」

楓《かえで》が首《くび》をかしげる。

「それは怪文書《かいぶんしょ》じゃなくて回文《かいぶん》ね。回文《かいぶん》は、上《うえ》から読《よ》んでも下《した》から読《よ》んでも同《おな》じ文《ぶん》になるもの。だから、布団《ふとん》がふっとんだ、は回文《かいぶん》じゃないよ。ただのダジャレ。怪文書《かいぶんしょ》の『怪《かい》文《ぶん》』は、あやしい文書《ぶんしょ》って書《か》くんだよ。誰《だれ》が書《か》いたかわからないもの。しかも根拠《こんきょ》もなく、うそかほんとかわからないけど、衝撃的《しょうげきてき》なことが書《か》かれているから、だまされる人《ひと》はいるんだろうね。」

「なにそれっ、バカじゃないの！　書《か》いたやつも許《ゆる》せないけど、だまされるほうもだまされるほうだよ。」

楓《かえで》と樹里《じゅり》は怒《おこ》っていたけど、わたしはずっとうつむいていた。

樹里《じゅり》の聞《き》いたウワサは半分《はんぶん》は本当《ほんとう》のことだ。ノアは死《し》んでいない。絶対死《ぜったいし》んでないって信《しん》じている。誘拐《ゆうかい》されたけれど、まだ無事《ぶじ》だって。

でも、わたしはホンモノのノアじゃない。

——影武者《かげむしゃ》。

海《かい》にいさまの言葉《ことば》がよみがえる。

今日《きょう》は勇気《ゆうき》を出《だ》して、わたしがノアじゃないってこと、樹里《じゅり》と楓《かえで》に打《う》ち明《あ》けようと思《おも》っていた。だけど……。

楓《かえで》は怒《おこ》ってる。ウワサをデマだって。わたしがノアだって信《しん》じてる。

樹里《じゅり》だって、この話《はなし》を持《も》ち出《だ》した理由《りゆう》は、きっと、そのウワサをデタラメだって否定《ひてい》してほしいからなんだって思《おも》う。だから……とても言《い》えない。

「ああっ！　ごめんね、ノア。こんなウワサ、わざわざ話《はな》しちゃったわたしがバカだった！」

「そうだよー。ノアが気《き》にしちゃうじゃん。こう見《み》えても、ノアは傷《きず》つきやすいところがあるんだからさー。それにしても、なによー、影武者《かげむしゃ》ってー。戦国時代《せんごくじだい》じゃないんだから。」

「だからバカだったって反省《はんせい》してるんじゃん。でも、影武者《かげむしゃ》って今《いま》でもいるらしいよ。」

「またー。いるわけないじゃん。」

「いるってば。」

「いる。」「いない。」とたわいないことに、なぜか、ふたりともムキになっている。わたしが原因《げんいん》でこんなことになっちゃってとおろおろしていると、いきなりシュシュが、

「カンケイナイケンカ。ワタシマケマシタワ。」

とわけのわからない言葉《ことば》をしゃべった。楓《かえで》も樹里《じゅり》もぽかんとしている。

と、突然《とつぜん》、樹里《じゅり》が吹《ふ》き出《だ》した。

「あはは！　シュシュ、そうそう、それが回文《かいぶん》。」

「あーなるほど！　シュシュ、すごいね。天才《てんさい》じゃん。天才《てんさい》オウムだ！」

楓《かえで》も笑《わら》い転《ころ》げている。

わたしもつい笑《わら》いながら、心《こころ》のなかでまだ迷《まよ》っていた。

ごめんね。わたしはホンモノのノアじゃないの。

ごめんね、楓《かえで》。樹里《じゅり》。ノア。

ノア――。

2 神秘《しんぴ》の湖《みずうみ》

～ノアの章《しょう》～

ノア。ノア。ノア。

遠《とお》くであたしを呼《よ》ぶ声《こえ》がする。

あれは……兄《あに》だ！

あたしはここだよ。ここにいるの。早《はや》くさがして！

「海《かい》にいさま！」

自分《じぶん》の声《こえ》で目《め》が覚《さ》めた。

ここは……。

ぽっかりと浮《う》かぶ少《すこ》し欠《か》けた月《つき》が見《み》える。月明《つきあ》かりに照《て》らされた砂浜《すなはま》。切《き》り立《た》った岩《いわ》に囲《かこ》まれた、小《ちい》さな入《い》り江《え》だった。

そうだ、あたし、洞窟《どうくつ》から……海《うみ》にもぐってしまって、おぼれかけたところを、人魚《にんぎょ》に助《たす》けられたんだ。それで……。

「ノア！」

夢《ゆめ》じゃなかった。本当《ほんとう》に兄《あに》の声《こえ》がした。

「どこ？　どこにいるの？　あたしはここだよ。」

バシャン！

近《ちか》くで水《みず》のはねる音《おと》がして、「ノア！」ふいに水《みず》のなかから声《こえ》がしたと思《おも》ったら、勢《いきお》いよく水《みず》からあがった何者《なにもの》かが突進《とっしん》してきて、抱《だ》きしめられた。

「きゃあああ！」

「僕《ぼく》だ。ノア、僕《ぼく》だよ。」

「海《かい》にいさま？」

肩《かた》にうずめられた顔《かお》をあげたその人《ひと》の、月明《つきあ》かりに照《て》らされた顔《かお》をよく見《み》る。

幻《まぼろし》じゃない！　兄《あに》だった！

「よかった！　ノア、無事《ぶじ》でいてくれてよかった。」

「うわーん、わーん。」

思《おも》わず小《ちい》さい子《こ》のように、兄《あに》の胸《むね》のなかで泣《な》いた。

「どうして……ここが……くすん、海《かい》にいさま、どこに……行《い》ってたの、ぐすん。」

しゃくりあげているあたしの背中《せなか》を、兄《あに》がさすってくれたそのとき。

ふたたび、水音《みずおと》がして、びくりと身《み》をこわばらせた。

ぽっと明《あ》かりが灯《とも》る。水《みず》のなかから浮《う》かび上《あ》がる光《ひかり》とともに、姿《すがた》を現《あらわ》したものを見《み》て、

「な、な、何者《なにもの》だ！」

兄《あに》がさけぶ。

銀色《ぎんいろ》に輝《かがや》く髪《かみ》をかきわけ、青《あお》い目《め》がこちらをじっと見《み》ている。その手《て》は、ランタンを持《も》っていた。あっ、あの子《こ》は！

「あなた、さっきの人魚《にんぎょ》だよね！」

あたしを助《たす》けてくれた人魚《にんぎょ》の女《おんな》の子《こ》だった。

「に、にんぎょっ？」

兄《あに》がおどろくのも無理《むり》はない。あたしだって、初《はじ》めて見《み》たときは信《しん》じられなかったんだ

もん。それに、はじめは水《みず》かきがあるから、てっきり河童《かっぱ》だと思《おも》っちゃったし。どっちにしてもびっくりだったけれど。

「し、信《しん》じられない。この世《よ》に人魚《にんぎょ》なんているのか。」

「いるの。本当《ほんとう》にいるんだよ。目《め》の前《まえ》のあの子《こ》が人魚《にんぎょ》。洞窟《どうくつ》に閉《と》じこめられて、そこから海《うみ》へ逃《に》げだして、おぼれかけたあたしを助《たす》けてくれたんだよ。」

「まさか。いや、しかし、実際《じっさい》、目《め》の前《まえ》にいるあの子《こ》は確《たし》かに……。ああ、そうか、あのときピューマが言《い》っていた言葉《ことば》の意味《いみ》が、ようやくわかった……。」

兄《あに》はそこで何《なに》かを思《おも》いだしたようだった。それから、あたしに向《む》き直《なお》ると、言《い》った。

「ふだんなら、人魚《にんぎょ》を目《め》の前《まえ》にしたら、きっともっとおどろいているだろうね。だけど、ノア、僕《ぼく》たちは、この島《しま》にきて信《しん》じられないものばかり目《め》にしているから、感覚《かんかく》が麻痺《まひ》してしまったようだな。」

そう言《い》って、兄《あに》は人魚《にんぎょ》に話《はな》しかけた。

「きみがノアを助《たす》けてくれたんだって？　ありがとう。このエンジェル島《とう》は謎《なぞ》に包《つつ》まれた島《しま》だ。ピューマというおそろしい祈禱師《きとうし》がこの島《しま》を支配《しはい》しているのだろうか。しかし、きみのような優《やさ》しい人魚《にんぎょ》もいると知《し》って安心《あんしん》したよ。」

人魚《にんぎょ》の子《こ》は少《すこ》し警戒《けいかい》しているようで、距離《きょり》を置《お》いて近《ちか》づいてくることはなかったけれど、兄《あに》がお礼《れい》を言《い》うと、かすかにうなずいたように見《み》えた。

「海《かい》にいさまは、どうやってここまで来《き》たの？」

そうたずねると、兄《あに》はおどろくことを言《い》った。

「ノア、僕《ぼく》はルーナのお姉《ねえ》さんのソレイユ姫《ひめ》に会《あ》ったんだ。」

「ルーナのお姉《ねえ》さん！　ルーナにはお姉《ねえ》さんがいたんだね。それでお姉《ねえ》さんは無事《ぶじ》なの？」

「ああ、しかし、僕《ぼく》と同《おな》じように失明《しつめい》させられた。ピューマにね。」

「ええっ！　海《かい》にいさま、失明《しつめい》って！　そ、そんな……。」

「ああ、おどろかせてごめんよ、ノア。今《いま》はもうちゃんと見《み》えてるから、心配《しんぱい》するな。しかし、ほんの少《すこ》し前《まえ》までまったく見《み》えなかった。ピューマの手下《てした》に薬《くすり》をかけられたんだ。」

兄《あに》はこれまでのことを話《はな》してくれた。

ノアとひきはなされたあと、人食《ひとく》いワニのいる洞窟《どうくつ》に閉《と》じこめられたこと。そこからすぐに出《だ》されたと思《おも》ったとたん、薬《くすり》をあびせられて失明《しつめい》してしまったこと。その後《ご》、ルーナのお姉《ねえ》さんのソレイユ姫《ひめ》に助《たす》けてもらったこと。ソレイユ姫《ひめ》から聞《き》いたルーナの話《はなし》。

それから、あたしが生《い》け贄《にえ》として、天使《てんし》の丘《おか》に運《はこ》ばれた情報《じょうほう》をソレイユ姫《ひめ》が知《し》り、兄《あに》に教《おし》えてくれた。馬屋番《うまやばん》のジンタという人《ひと》をたよって馬《うま》を借《か》りて、そしてここまで来《き》たという。

おどろいたのは、馬《うま》を借《か》りることになった約束《やくそく》の時間《じかん》（真夜中《まよなか》の三時《じ》）まで、宮殿《きゅうでん》のなかでかくれて待《ま》っていたときのことだ。

「そこでおそろしいことを聞《き》いてしまった。」

兄《あに》は思《おも》いだしたのか、苦《にが》い薬《くすり》でも飲《の》んだように顔《かお》をしかめた。


～海《かい》の章《しょう》～

ただ宮殿《きゅうでん》のなかでかくれていても仕方《しかた》ない、ノアを助《たす》けるため、少《すこ》しでもこの島《しま》の情報《じょうほう》を得《え》ようとしたんだ。

失明《しつめい》していたので、何《なに》も見《み》えない。やたらに動《うご》くことは危険《きけん》だとわかっていたから、なるべくその場《ば》からはなれず、植《う》えこみにかくれるようにしてあたりの気配《けはい》をさぐっていた。

ほどなくして、近《ちか》くでピューマの声《こえ》が聞《き》こえた。

いや、その前《まえ》からピューマの気配《けはい》は感《かん》じていた。

なぜなら、ピューマは独特《どくとく》の香《かお》りのする香水《こうすい》をつけていたんだ。花《はな》のような線香《せんこう》のような妖《あや》しい香《かお》りだ。もともと僕《ぼく》はにおいには敏感《びんかん》だ。その香《かお》りをたよりに、警察犬《けいさつけん》にでもなったつもりであとをつけることにした。誰《だれ》かにみつかるかもしれないとも思《おも》ったが、しかし、その時《とき》ひとりでいるらしいピューマの気配《けはい》に、なにか特別《とくべつ》なことをしようとしている雰囲気《ふんいき》を感《かん》じたからだ。

迷路《めいろ》のような宮殿《きゅうでん》のなかで見失《みうしな》うかもしれないと不安《ふあん》だったが、ピューマはすぐに階段《かいだん》を登《のぼ》っていった。その階段《かいだん》は長《なが》く螺旋状《らせんじょう》に続《つづ》いていたから、迷《まよ》う心配《しんぱい》もなかった。ただ、みつからないように気配《けはい》を殺《ころ》し、腰《こし》を低《ひく》くして登《のぼ》っていくので、途中《とちゅう》、腰《こし》が痛《いた》くなって困《こま》ったけれど。

宮殿《きゅうでん》の塔《とう》だろうか。長《なが》い階段《かいだん》を登《のぼ》る途中《とちゅう》、じょじょにピューマの香水《こうすい》の香《かお》りが濃密《のうみつ》になっていった。どうやら、塔《とう》の上《うえ》にある部屋《へや》から漂《ただよ》ってくる香《かお》りのようだ。香《こう》を焚《た》いているのだろうか。ピューマが香水《こうすい》をつけていたのではなく、その部屋《へや》の移《うつ》り香《が》だったのか。

一定《いってい》の距離《きょり》を置《お》き、ピューマの足音《あしおと》をたよりにつけていった。ピューマは一気《いっき》に階段《かいだん》を登《のぼ》ると、塔《とう》のてっぺんと思《おも》われる部屋《へや》へと入《はい》っていった。

部屋《へや》へ入《はい》ってすぐ、大《おお》きな壺《つぼ》らしきものに手《て》が触《ふ》れたので、その後《うし》ろにかくれて耳《みみ》をすませた。

どのくらいの広《ひろ》さの部屋《へや》かわからないが、祭祀《さいし》を行《おこな》う部屋《へや》だとわかった。ピューマの「女神《めがみ》さま」という言葉《ことば》が聞《き》こえたからだ。しかし、ピューマのほかに誰《だれ》もいないようだ。まったく人《ひと》の気配《けはい》がしなかった。

ピューマは熱《ねつ》に浮《う》かされたように、同《おな》じ言葉《ことば》をくりかえしていた。耳慣《みみな》れない言葉《ことば》。祝《のり》詞《と》のようなものだったかもしれない。

そのうちに、僕《ぼく》にも聞《き》き取《と》れる言葉《ことば》を話《はな》しだした。

「女神《めがみ》さま。あたくしはあなたさまのお力《ちから》で長《なが》い長《なが》いあいだ、生《い》きながらえてきました。

このエンジェル島《とう》のはじまりから、ニ、ン、ギ、ョ、ゾ、ク、を守《まも》る祈禱師《きとうし》としていっさいをとり仕《し》切《き》ってまいりました。」

そう、ピューマはたしかに『ニンギョゾク』と言《い》っていた。そのときの僕《ぼく》には、『ニンギョゾク』という言葉《ことば》が、『人魚《にんぎょ》の一族《いちぞく》』を意味《いみ》していることに気《き》づかなかったのだが。

「女神《めがみ》さまのお守《まも》りのおかげです。この島《しま》はあたくしたちのゆいいつ、生《い》きていける場所《ばしょ》でした。しかし、祈禱師《きとうし》をつとめるあたくしにも限界《げんかい》がまいりました。もう、このお役目《やくめ》を背負《せお》いきれなくなったのです。ほかの世界《せかい》のものに、この島《しま》を知《し》られてしまいました。

——日本人《にほんじん》の若《わか》い男《おとこ》に！」

日本人《にほんじん》の若《わか》い男《おとこ》！　ほかでもない。僕《ぼく》のことだ！

そして、ピューマは弱々《よわよわ》しくこう言《い》った。

「この島《しま》も……そろそろ滅《ほろ》びの時《とき》を迎《むか》えようとしているのでしょうか。」

島《しま》が滅《ほろ》びる……？　それは、僕《ぼく》がこの島《しま》を知《し》ったことが原因《げんいん》だというのだろうか。それだけの理由《りゆう》だろうか。しばらくピューマは黙《だま》ったままだった。祈禱《きとう》が終《お》わったかと思《おも》いきや、ふたたび声《こえ》を張《は》り上《あ》げて言《い》った。

「それはそうと、明日《あした》の晩《ばん》、女神《めがみ》さまへと捧《ささ》げますルーナ姫《ひめ》、もうすでに女神《めがみ》さまもご覧《らん》になっていることでしょう。」

ピューマの言葉《ことば》が終《お》わらないうちに、
ガシャン！

激《はげ》しい音《おと》がして、僕《ぼく》は思《おも》わず身《み》をすくめた。みつかったのかと思《おも》ったが、そうではなかった。火《ひ》を使《つか》った何《なに》かが倒《たお》れた音《おと》だったのか、すぐに何《なに》やら焦《こ》げ臭《くさ》いにおいがたちこめる。

ピューマのあわてる声《こえ》がした。

「め、女神《めがみ》さま！　何《なに》をお怒《いか》りなのでしょうか。」

女神《めがみ》の怒《いか》りにふれて、燃《も》えたものがあるのだろうか。

「も、もしや、ルーナ姫《ひめ》の顔《かお》を女神《めがみ》さまはまだご覧《らん》になっていないと。まさか、あの娘《むすめ》はルーナ姫《ひめ》でないと……？　いや、そんなはずはございません。あの娘《むすめ》はたしかにルーナ姫《ひめ》でございます……。」

そのときだった。

「ピューマさま！」

大声《おおごえ》でさけび、部屋《へや》へと入《はい》ってきた男《おとこ》がいた。

「何事《なにごと》じゃ。この部屋《へや》へ入《はい》ってはならぬと命《めい》じておるであろう。」

「も、申《もう》し訳《わけ》ありません。じ、じつは、ルーナ姫《ひめ》が！」

「姫《ひめ》がどうかしたか。」

「い、いません。洞窟《どうくつ》に閉《と》じこめたはずが、いないのです！」

「な、なんだって！　おまえたち、一晩中《ひとばんじゅう》、見張《みは》っていたのではないのか。」

「そ、それは……。厳重《げんじゅう》に閉《と》じこめたはずなので、まさか出《で》ていけるとは。入《い》り口《ぐち》の岩《いわ》はそのままふさがっていますし、洞窟《どうくつ》は行《い》き止《ど》まりのはず。それなのに、なぜか消《き》えてしまったんです。」

「たわけものが！　消《き》えるはずがなかろう！　しかしなぜ……なぜ、姫《ひめ》は動《うご》けたのか。あの煙《けむり》を吸《す》っているはず……。いや、そんなことはどうでもよい。とっととさがし出《だ》せ！」

「はっ！」

バタバタと遠《とお》ざかる足音《あしおと》と同時《どうじ》に、僕《ぼく》は飛《と》び出《だ》した。

「ま、まさか、ルーナは死《し》んでないだろうなっ！」

僕《ぼく》はつい声《こえ》を出《だ》してしまった。ノアが消《き》えてしまったと聞《き》いて、いてもたってもいられなかったんだ。

「はっ！　お、おまえは！」

「ルーナが消《き》えたとはどういうことだ！」

「出《で》ていけ。すぐにこの部屋《へや》から出《で》ていけ。さもないと……。」

「さもないと、どうするというのだ。ルーナと同《おな》じように生《い》け贄《にえ》にするというのか。」

耐《た》えられなかった。ノア、おまえが消《き》えてしまったと聞《き》いて、正気《しょうき》ではいられない。

「聞《き》け。ピューマ。おまえがルーナ姫《ひめ》だと思《おも》っていた女《おんな》の子《こ》は、ルーナではない。ぼ、僕《ぼく》の妹《いもうと》だ。妹《いもうと》のノアだ！　おまえはノアを……ノアをどこへやったんだ！」

ピューマの声《こえ》のするほうへと勢《いきお》いよく突進《とっしん》すると、壁《かべ》にぶち当《あ》たり強《したた》かに頭《あたま》をぶつけた。うずくまると、耳元《みみもと》で「その目《め》で、おろかなことよ。」と嘲《あざけ》るように笑《わら》うピューマの声《こえ》がした。

「ノアをどうした！」

さけぶと、瞬時《しゅんじ》にふり回《まわ》した手《て》でピューマの腕《うで》をつかんだ。剣道《けんどう》と合気道《あいきどう》、そして弓道《きゅうどう》の師範級《しはんきゅう》の腕前《うでまえ》を舐《な》めてもらっちゃ困《こま》る。

「おやめ！」

腕《うで》に激痛《げきつう》が走《はし》る。ピューマが刃物《はもの》で切《き》りつけたのか。しかし痛《いた》みに耐《た》え、そのままピューマを投《な》げとばした。女《おんな》だと手加減《てかげん》している余裕《よゆう》などなかった。

「許《ゆる》さない。ノアをどこへやった！」

うなっている声《こえ》のほうへ行《い》くと、ピューマは起《お》き上《あ》がれないようだった。つかみかかり、手首《てくび》を捻《ひね》ると刃物《はもの》を落《お》とした。

「ま、待《ま》て。あたくしはあの娘《むすめ》をどうにもしていない。消《き》えたなどと、こっちが知《し》りたいくらいだ。それより、おまえの言《い》うことは真実《しんじつ》なのか……。」

「ああ、真実《しんじつ》だ。あの子《こ》はルーナじゃない。ノアだ！」

「そういうことか。ルーナ姫《ひめ》ならば、あの洞窟《どうくつ》のなかでは動《うご》くことができぬ。しかし、姫《ひめ》でないとすれば、洞窟《どうくつ》を抜《ぬ》け出《だ》したのかもしれん。姫《ひめ》でなければそれも可能《かのう》だ。」

「うそを言《い》うな。なぜ、ルーナなら動《うご》くことができない。なぜ、ルーナでなければ、洞窟《どうくつ》を抜《ぬ》け出《だ》すことが可能《かのう》なんだ！」

知《し》らず、僕《ぼく》はピューマの首《くび》をしめあげていた。

「うそでは……ない。あの洞窟《どうくつ》にはごく微量《びりょう》だが煙《けむり》がもれ出《で》ている。その煙《けむり》を吸《す》えば、ルーナ姫《ひめ》は……。だが、も、もし、あれがルーナ姫《ひめ》でなければ……ど、どこかで……い、生《い》きているは……ず……。」

声《こえ》がか細《ぼそ》くなり、はっとした僕《ぼく》は手《て》をゆるめた。心臓《しんぞう》に耳《みみ》を当《あ》て、生《い》きていることを確《たし》かめた。どうやら気絶《きぜつ》したらしい。

ちょうどそのとき、鐘《かね》が鳴《な》った。

馬屋番《うまやばん》のジンタと約束《やくそく》した三時《じ》を知《し》らせる鐘《かね》だ。

ピューマにかまってはいられない。すぐにその部屋《へや》を出《で》た。塔《とう》の階段《かいだん》を降《お》り終《お》えたとき、声《こえ》が聞《き》こえた。

「男《おとこ》をつかまえろ！　ピューマさまを手《て》にかけようとした男《おとこ》だ。即刻《そっこく》つかまえて殺《ころ》せ。」

どうやらピューマが気絶《きぜつ》から目《め》を覚《さ》ましたらしかった。

転《ころ》がるようにして約束《やくそく》の場所《ばしょ》まで行《い》き、どうにか馬《うま》に乗《の》った。

ジンタは手引《てび》きしたのがみつかるのをおそれてか、そこにはいないようだった。しかし、馬《うま》はかしこく、天使《てんし》の丘《おか》まで空《そら》を飛《と》ぶ勢《いきお》いで走《はし》ってくれた。

天使《てんし》の丘《おか》。

その名《な》は美《うつく》しいが、しかし、ノアが生《い》け贄《にえ》にされようとしている場所《ばしょ》だ。ソレイユ姫《ひめ》からもおそろしい場所《ばしょ》だと聞《き》いていた。神《かみ》のおわす聖域《せいいき》。立《た》ち入《い》ったら最後《さいご》、罰《ばつ》がくだると。

想像《そうぞう》していたのは、岩肌《いわはだ》がむき出《だ》しになった寂寥《せきりょう》とした丘《おか》のイメージだった。

だが、馬《うま》が立《た》ち止《ど》まった場所《ばしょ》は、想像《そうぞう》していたところとはほど遠《とお》く、むせるほどに花《はな》の香《かお》りが漂《ただよ》う場所《ばしょ》だった。馬《うま》から降《お》り立《た》つと、地面《じめん》はふわりとやわらかい。

花《はな》が咲《さ》き乱《みだ》れ、草《くさ》が生《お》い茂《しげ》る草原《そうげん》や花園《はなぞの》。きっとそんなところだったのだろう。

馬《うま》が案内《あんない》してくれたのはそこまでだった。そこから、生《い》け贄《にえ》を捧《ささ》げる場所《ばしょ》までどう行《い》ったらよいのかと、ふらふらさまよっているうちに、靴《くつ》の先《さき》がぴしゃりと音《おと》を立《た》てた。

どうやら水《みず》たまりを蹴《け》ったらしい。水《みず》たまりと思《おも》っていたが、すぐに水《みず》は深《ふか》くなり、膝《ひざ》のあたりをぬらした。潮《しお》の香《かお》りはしない。ならば、ここは、泉《いずみ》だろうか。

水《みず》をすくった。冷《つめ》たくて、清《きよ》らかな水《みず》の香《かお》りがした。おそるおそる、汗《あせ》だくになった顔《かお》を洗《あら》った。

そのとたん、信《しん》じられないことが起《お》こった。

何《なに》も見《み》えなかった目《め》が、光《ひかり》を取《と》りもどしたんだ！

目《め》が見《み》えるようになった。月明《つきあ》かりのやわらかい光《ひかり》が射《さ》す真夜中《まよなか》でよかった。これが昼《ひる》間《ま》ならまぶしくて、しばらく目《め》をあけられなかっただろう。

僕《ぼく》が立《た》っていた場所《ばしょ》は、思《おも》ったとおり泉《いずみ》の縁《ふち》だった。

この泉《いずみ》の水《みず》が、失明《しつめい》した目《め》を治《なお》す力《ちから》がある！　そのことを知《し》り、もし、生《い》きて帰《かえ》ることができれば、この水《みず》をソレイユ姫《ひめ》のもとへ届《とど》けようとちかった。

しかし、泉《いずみ》でいやされている時間《じかん》などなかった。すぐにノアを助《たす》けにいかねばならないのだから。

見《み》わたせば、泉《いずみ》のすぐ近《ちか》くには湖《みずうみ》があった。湖《みずうみ》と泉《いずみ》が底《そこ》でつながっているとすれば、湖《みずうみ》の水《みず》にも泉《いずみ》と同《おな》じような不思議《ふしぎ》な力《ちから》があるのだろう。湖《みずうみ》を中心《ちゅうしん》にまわりは切《き》り立《た》った崖《がけ》が取《と》り囲《かこ》む。ここは、噴火《ふんか》でできたくぼ地《ち》に水《みず》がたまってできたカルデラ湖《こ》のようだっ

た。

それにしても夢《ゆめ》のように美《うつく》しい場所《ばしょ》だ。草原《そうげん》の風《かぜ》にそよぐ花《はな》の間《あいだ》からは、月明《つきあ》かりに照《て》らされて、ちかちかと光《ひか》るものがある。

いろとりどりに光《ひか》る石《いし》だった。

ルビー、サファイア、琥珀《こはく》、すべて宝石《ほうせき》だったんだ。

歩《ある》き回《まわ》っているうちに、洞窟《どうくつ》をいくつかみつけた。一つ目《め》、二つ目《め》とも、すぐに行《い》き止《ど》まりになった。

三つ目《め》の洞窟《どうくつ》に入《はい》ったときだ。歩《ある》き始《はじ》めてすぐに、背後《はいご》で大《おお》きな音《おと》がしたと思《おも》ったら、真《ま》っ暗闇《くらやみ》になった。

「閉《と》じこめたぞ!」

ピューマの手下《てした》どもの仕業《しわざ》だった。まったく追《お》われていたことに気《き》づかなかった。洞窟《どうくつ》のなかは真《しん》の闇《やみ》だ。だが、失明《しつめい》していた数時間《すうじかん》のうちで、ある程度《ていど》のカンが身《み》についていた。

自分《じぶん》がコウモリにでもなったつもりで、手《て》さぐりで道《みち》をさがしているうちに、足《あし》をすべらせてしまった。

落《お》ちたところは水《みず》のなかだった。

はい上《あ》がれそうな場所《ばしょ》をみつけようと泳《およ》いでいるうちに、水面《すいめん》の向《む》こうに月明《つきあ》かりが見《み》えた。そして……この入《い》り江《え》にたどりついたんだ。

～ノアの章《しょう》～

「ピューマが言《い》っていたとおり、おまえは生《い》きていた。……よかった。」

「海《かい》にいさまも……。もう死《し》ぬまで会《あ》えないと思《おも》っていたから……。」

「やめてくれ。縁起《えんぎ》でもない。しかし、まだまだ安心《あんしん》できない。この島《しま》からどうやって脱《だっ》出《しゅつ》するか……。」

ふたりのあいだに沈黙《ちんもく》が落《お》ちて、そして、「あっ！」といきなり声《こえ》がした。人魚《にんぎょ》の子《こ》が小《ちい》さくさけんで、指差《ゆびさ》している。

その方向《ほうこう》を見《み》ると、ぼんやりと小《ちい》さな明《あ》かりが見《み》えた。

明《あ》かりは一か所《しょ》にとどまらずに小刻《こきざ》みにゆれている。

「あれは……松明《たいまつ》だ！　きっと、ピューマたちだ！」

「どうしよう。」

「つかまるわけにはいかない。行《い》くぞ。」

「行《い》くって、どこに？」

「ピューマたちにつかまらないところまでだ。」

兄《あに》は人魚《にんぎょ》の子《こ》からランタンを受《う》け取《と》ろうとすると、なぜか人魚《にんぎょ》の子《こ》は首《くび》をふった。そして、乗《の》れというように背《せ》を向《む》けた。

「人魚《にんぎょ》さん、乗《の》ってもいいの？　でも、人間《にんげん》を助《たす》けて、人魚《にんぎょ》さん、大丈夫《だいじょうぶ》なの？」

「ピューマさまにわからなければ大丈夫《だいじょうぶ》です。ルーナ姫《ひめ》に似《に》ているあなたをそのままにはしておけません。もともとわたしたちは……。今《いま》は理由《りゆう》は言《い》えません。ただ女神《めがみ》さまは本《ほん》当《とう》に生《い》け贄《にえ》を必要《ひつよう》とされているのか、わたしたちの中《なか》にはそれをうたがう者《もの》もいるのです。」

「ありがとう。……でもあたしと海《かい》にいさま、ふたりとも乗《の》るのは……。」

「おまえだけでも、逃《に》げろ。」

兄《あに》が言《い》ったそのとき、波《なみ》しぶきがあがり、水《みず》のなかから顔《かお》を出《だ》した人《ひと》がいた。人魚《にんぎょ》の子《こ》よりもだいぶ大《おお》きな、おとなの人魚《にんぎょ》の女《おんな》の人《ひと》だった。海《かい》にいさまを見《み》ると、人《にん》魚《ぎょ》の子《こ》と同《おな》じように、すっと背中《せなか》を向《む》ける。

「きみに乗《の》っていいのか？」

「どうぞ。早《はや》く！」

人魚《にんぎょ》の女《おんな》の人《ひと》にせかされて、あたしたちは背中《せなか》に乗《の》せてもらった。

あたしたちが乗《の》ると、すぐに一気《いっき》にスピードをあげて泳《およ》いでいく。

「きゃあ！」あたしは悲鳴《ひめい》をあげて、人魚《にんぎょ》の肩《かた》につかまった。人魚《にんぎょ》の肩《かた》はとても冷《つめ》たかった。だけど、つかまっているうちにあたしの手《て》と同《おな》じくらいのあたたかさになった。そうすると、人魚《にんぎょ》じゃなくて、あたしと同《おな》じ人間《にんげん》の女《おんな》の子《こ》の背中《せなか》に乗《の》っているような気持《きも》ちになった。

いったいどんな泳《およ》ぎ方《かた》をしてるんだろう。一度《ど》だけ沖縄《おきなわ》の海《うみ》で乗《の》ったことのあるジェットスキーみたいだ。

それにしても——。

この人《ひと》たちは本当《ほんとう》に味方《みかた》なのかな。もしかしたら、だまされているのかもしれない。ちらりとそんな疑惑《ぎわく》が頭《あたま》をかすめたけれど、それでも、今《いま》は逃《に》げること、それだけで精一杯《せいいっぱい》だった。

しばらくすると、せり出《だ》した岩場《いわば》の下《した》で、先《さき》に着《つ》いた兄《あに》が、人魚《にんぎょ》の背《せ》から降《お》りて手《て》まねきをしていた。

「この上《うえ》に、岩場《いわば》の向《む》こうの外海《そとうみ》に出《で》られる抜《ぬ》け穴《あな》があります。」

人魚《にんぎょ》の女《おんな》の子《こ》が言《い》い、兄《あに》が岩場《いわば》によじ登《のぼ》る。

「人魚《にんぎょ》さん、ありがとう。」

「さ、早《はや》く。追《お》っ手《て》にみつからないうちに。」

兄《あに》も人魚《にんぎょ》のふたりに礼《れい》を言《い》い、あたしは海《かい》にいさまに岩場《いわば》の上《うえ》まで引《ひ》き上《あ》げてもらった。

抜《ぬ》け穴《あな》からはまず兄《あに》が出《で》た。ほっとしたのもつかの間《ま》。

「ここは！」

兄《あに》がさけんだ。何《なに》があるの？　どこに出《で》るの？　ふたたび緊張《きんちょう》で足《あし》がふるえる。

「ノア、気《き》をつけろ。いいか、急《いそ》がずにゆっくり出《で》てくるんだ。」

おそるおそる穴《あな》から出《で》てみれば……。

「！」

悲鳴《ひめい》を飲《の》みこむ。絶壁《ぜっぺき》に張《は》り出《だ》した細《ほそ》い道《みち》の上《うえ》、その幅《はば》、わずか三十センチもなさそう。すぐ下《した》が断崖絶壁《だんがいぜっぺき》になっていて、はるか下《した》で波《なみ》がくだけている。

見上《みあ》げれば切《き》り立《た》った崖《がけ》。

血《ち》の気《け》が引《ひ》いて、足《あし》がすくんだ。

「こ、怖《こわ》いよ。くらくらする。」

兄《あに》に抱《だ》きついた。

「大丈夫《だいじょうぶ》だ。下《した》を見《み》るな。手《て》をつなぐより、両手《りょうて》を岩壁《がんぺき》につけたほうが安定《あんてい》する。慎重《しんちょう》に進《すす》め。」

自然《しぜん》に足《あし》ががくがくとふるえる。

「む、無理《むり》だよ。歩《ある》けるわけないよっ！　助《たす》けて。」

涙《なみだ》が出《で》てくる。

「ノア。ゆっくりでいい。大丈夫《だいじょうぶ》だから。岩《いわ》に体《からだ》を向《む》けてカニになったつもりで。」

「カニになんてなりたくないよう。」

あたしは生《う》まれ変《か》わってもカニにだけはなりたくないって思《おも》ってたんだ。魚《さかな》でもタコでもいい。大《だい》きらいなカニにだけは……。

だけど、ここで立《た》ち止《ど》まっているほうがおそろしい。いつ、足《あし》をすべらせて落《お》ちてしまうかと考《かんが》えるより、少《すこ》しずつでも進《すす》んだほうがまだマシだ。そうして、ふるえる足《あし》を差《さ》し出《だ》して、ゆっくりと進《すす》んでいった。少《すこ》し慣《な》れてきたころ、

「あっ！」

兄《あに》がさけんだ。

「松明《たいまつ》の明《あ》かりだ！　ピューマの追《お》っ手《て》が向《む》こうから来《き》てるぞ。」

「ええっ！　どうしよう。このまま進《すす》めば鉢合《はちあ》わせじゃない。どこにも逃《に》げられないよ。」

「もどるか。しかし、それよりは……。」

兄《あに》は崖《がけ》を見上《みあ》げると決心《けっしん》したように、よし、とうなずいた。

「ここを登《のぼ》ろう。」

「ちょ、ちょっと、海《かい》にいさま、正気《しょうき》？　この断崖絶壁《だんがいぜっぺき》をどうやって登《のぼ》ろうというの！　スパイダーマンじゃないんだよー。」

「よく見《み》ると、あちこちに手足《てあし》をかけられるくらいの岩《いわ》の突起《とっき》がある。僕《ぼく》が先《さき》に行《い》く。ノアは僕《ぼく》のあとから、僕《ぼく》と同《おな》じ場所《ばしょ》に手《て》と足《あし》をかけて登《のぼ》るんだ。」

「そんな〜。無理《むり》だってば。」

「大丈夫《だいじょうぶ》だ。行《い》くぞ。」

いつもならちょっとでも泣《な》き言《ごと》を言《い》えば、甘《あま》えさせてくれる兄《あに》も、このときばかりは厳《きび》しかった。

「ノア、生《い》きて日本《にっぽん》に帰《かえ》りたいだろう。絶対《ぜったい》に生《い》きて帰《かえ》ろう。さあ、勇気《ゆうき》を出《だ》して登《のぼ》るんだ。」

生《い》きるか死《し》ぬか。冗談《じょうだん》でなく、今《いま》がそのときだと、あたしも決心《けっしん》した。

兄《あに》はあたしの力《ちから》と身長《しんちょう》を考《かんが》えて、無理《むり》のないように手《て》をかける場所《ばしょ》や、足場《あしば》をさがす。

あたしはただ無心《むしん》になって、兄《あに》を真似《まね》て登《のぼ》っていく。

ここは断崖絶壁《だんがいぜっぺき》でなくて、ロッククライミングジムなんだ。以前《いぜん》からちょっぴり興味《きょうみ》はあった。テレビでタレントが挑戦《ちょうせん》しているのを見《み》ていたから。だから、今《いま》、ちょっとトライしてみるだけ。そう思《おも》えばいい。

手足《てあし》をすべらせないように。ゆっくりと慎重《しんちょう》に。命綱《いのちづな》はない。失敗《しっぱい》したら最後《さいご》。

こんなに集中《しゅうちゅう》したことは今《いま》までにないだろう。

じわじわと全身《ぜんしん》に汗《あせ》がにじむ。

手足《てあし》がしびれる。

それにしてもお腹《なか》がすいた。こんなときなのに、お腹《なか》が鳴《な》った。そういえば、この島《しま》に来《き》てから何《なに》も食《た》べてない。誘拐《ゆうかい》される前《まえ》には何《なに》を食《た》べていたっけ。思《おも》いだせないほど遠《とお》い昔《むかし》のような気《き》がする。

ああ、ラーメンが食《た》べたい。コーンとバターの載《の》った辛《から》みそラーメン。焼《や》きたてのバナナマフィン、アボカドをはさんだハンバーガー。生《なま》ハムとルッコラの冷製《れいせい》パスタ。とりあえず大量《たいりょう》の炭水化物《たんすいかぶつ》よ。ああ、炭水化物《たんすいかぶつ》。

絶対《ぜったい》に生《い》きて帰《かえ》って食《た》べてやる！

「あと、少《すこ》しだ。がんばれ、ノア！」

頂《いただき》に着《つ》いた海《かい》にいさまが手《て》をのばした。その手《て》をしっかりつかむ。するすると引《ひ》き上《あ》げられて、ああ、これでまたラーメンが食《た》べられると、大《おお》きく深呼吸《しんこきゅう》をしていたときだ。

「いたぞ！」

声《こえ》がした。すぐそこに、ピューマの手下《てした》の男《おとこ》たちがいた。

「マズイ！　先回《さきまわ》りされていた。ノア、走《はし》れ！」

体力《たいりょく》も限界《げんかい》をとっくに超《こ》えていた。スポーツは好《す》きだけど、ここまで動《うご》いたことはない。しかも、こんなのスポーツとはほど遠《とお》い。死《し》ぬよ、死《し》ぬ！

心臓《しんぞう》の鼓動《こどう》がヤバくて口《くち》から飛《と》び出《だ》しそうだ。

「行《い》き止《ど》まりだ。」

兄《あに》の声《こえ》でわれに返《かえ》る。ひどく疲《つか》れてもうろうとしている。ぼんやりとあたりを見《み》わたしてみれば、そこは異様《いよう》なところだった。

「あの柱《はしら》。パルテノン神殿《しんでん》の柱《はしら》みたい。」

ギリシャ神話《しんわ》のアニメか何《なに》かで見《み》たパルテノン神殿《しんでん》。古代《こだい》ギリシャ建築《けんちく》っていったつけ。あんな感《かん》じの柱《はしら》の残骸《ざんがい》があった。

「ここは……。いや、神殿《しんでん》じゃなく、城《しろ》だったんじゃないだろうか。」

兄《あに》の言《い》うとおり、城壁《じょうへき》の一部《いちぶ》が残《のこ》り、よく見《み》れば、土《つち》に埋《う》もれた金《きん》や銀細工《ぎんざいく》の装飾品《そうしょくひん》の欠片《かけら》が見《み》えた。

地震《じしん》でこわれてしまったんだろうか。巨人《きょじん》があばれてこわしてしまったように、城《しろ》は無《む》残《ざん》に破壊《はかい》されていた。

「ちょうど、向《む》こうの崖《がけ》に向《む》かって倒《たお》れかかった柱《はしら》がある。これを渡《わた》ろう。」

「逃《に》がすな！」

バタバタと足音《あしおと》が聞《き》こえた。

「来《き》てる！」

「早《はや》く渡《わた》るんだ。」

あたしを先《さき》に行《い》かせて、兄《あに》はあとから渡《わた》ってきた。とたん、うっとうなって兄《あに》がうずくまった。

「海《かい》にいさま！」

「大丈夫《だいじょうぶ》だ。足《あし》をくじいただけだ。……かまわず、先《さき》に行《い》け。」

「そんなっ！　海《かい》にいさまを置《お》いてなんていけないよ。」

「行《い》くんだ。僕《ぼく》は大丈夫《だいじょうぶ》だから。先《さき》に行《い》ってろ。」

「行《い》けない。いっしょにいる。」

「だめだ！　必《かなら》ずあとからそっちへ行《い》くから。僕《ぼく》を信《しん》じろ。」

「でも！」

「わからないのか。おまえがいるとかえって足手《あしで》まといなんだ。行《い》け！」

兄《あに》は厳《きび》しい顔《かお》をして怒鳴《どな》った。

そんな顔《かお》、そんな声《こえ》、初《はじ》めて聞《き》いた。思《おも》わず身《み》がすくむ。

「……わかった。でも、必《かなら》ず、あとから来《き》てね！　信《しん》じてるから。」

あたしはぎゅっと目《め》をつぶると、後《うし》ろもふりかえらずに走《はし》った。

足手《あしで》まといなんて言葉《ことば》、信《しん》じたわけじゃない。兄《あに》があたしを先《さき》に行《い》かせるためについたうそだってわかっていた。だけど、あたしがいるから兄《あに》が逃《に》げ遅《おく》れたのも事実《じじつ》だ。

何《なに》も役《やく》に立《た》てない。何《なに》もできない。悲《かな》しくて情《なさ》けなかった。

3 罪人《つみびと》

～ルーナの章《しょう》～

「ねえ、ブラン、シュシュ、見《み》て。」

わたしは学院《がくいん》の図書室《としょしつ》で借《か》りてきた写真集《しゃしんしゅう》を、カバンから取《と》り出《だ》した。

『楽園《らくえん》』というタイトルで、世界中《せかいじゅう》を旅《たび》する日本人《にほんじん》の写真家《しゃしんか》が撮《と》ったものだ。

「きれいでしょう。エンジェル島《とう》を思《おも》いだすわ。」

ブランもシュシュもわかるのか、めずらしくおとなしくして、じっと写真《しゃしん》を見《み》つめている。順《じゅん》にページをめくっていく。

「モルディブのサンゴ礁《しょう》よ。ああ、海《うみ》のなかの風景《ふうけい》はなつかしいわね。花《はな》よりもあざやかで虹《にじ》の国《くに》みたいだったのよ。ほら、これはハワイ島《とう》コナの夕焼《ゆうや》けだわ。エンジェル島《とう》の夕《ゆう》焼《や》けも、こんなふうに肌《はだ》が染《そ》まりそうなほど赤《あか》かったわね。こっちはタヒチのボラボラ島《とう》よ。中央《ちゅうおう》にそびえたつオテマヌ山《さん》、パピア山《さん》ですって。これは火山《かざん》かしら……。まるで天《てん》使《し》の丘《おか》みたい……。」

エンジェル島《とう》の中心《ちゅうしん》にある天使《てんし》の丘《おか》。

一度《ど》だけ訪《おとず》れた丘《おか》だけれど、夢《ゆめ》のようなところだったわ。

そこは、花《はな》と樹《き》の香《かお》りで満《み》ちていた。

澄《す》んだ水《みず》のわき出《で》る泉《いずみ》。野生《やせい》の動物《どうぶつ》も共存《きょうそん》できる、自然《しぜん》の宝庫《ほうこ》。神秘的《しんぴてき》な青《あお》い色《いろ》をした湖《みずうみ》。その縁《ふち》には、昼《ひる》は太陽《たいよう》に夜《よる》は月明《つきあ》かりに照《て》らされて、輝《かがや》く宝石《ほうせき》が落《お》ちている。

神聖《しんせい》なる場所《ばしょ》。

丘《おか》のふもとの宮殿《きゅうでん》で、姉《あね》のソレイユとともにわたしは暮《く》らしていた。

生《う》まれたときから、ずっといっしょのふたり。父《ちち》も母《はは》もいなかった。

わたしたちは毎日泳《まいにちおよ》いだ。まるで海《うみ》から生《う》まれたみたいに海《うみ》のなかでも自由自在《じゆうじざい》だった。陸《りく》の上《うえ》よりも息《いき》が楽《らく》なほど。

エンジェル島《とう》では、一年《ねん》に一度《ど》、大《おお》きなお祭《まつ》りがあった。

島中《しまじゅう》の人々《ひとびと》が集《あつ》まって、みんなで踊《おど》るの。みんな歌《うた》も踊《おど》りも上手《じょうず》だった。この日《ひ》を楽《たの》しみにしているから、思《おも》いっきりはしゃいでいた。

宮殿《きゅうでん》のまわりでは仮装《かそう》をして踊《おど》っていた。衣装《いしょう》も凝《こ》っていて、何《なん》か月《げつ》も前《まえ》からお祭《まつ》りのために用意《ようい》していた。

「……いやなことも思《おも》いだしてしまったわ。」

ため息《いき》をつくと、シュシュが「イヤナコトッテ、ナンナノヨ。」と聞《き》く。

「ピューマのことよ。」

そういうと、ブランがキキッと高《たか》く鳴《な》いておびえて、わたしにしがみついた。

「あれはお祭《まつ》りの日《ひ》のこと。宮殿《きゅうでん》のベランダでみんなが踊《おど》るのをながめていたの。」

わたしはその『いやなこと』をシュシュとブランに話《はな》した。


「みんな、とても楽《たの》しそう。」

そうつぶやいたわたしに、いつの間《ま》にか背後《はいご》に近《ちか》づき立《た》っていたピューマは言《い》ったのよ。

「今日一日《きょういちにち》だけのさわぎでございます。」と。

そのあと、とんでもないことを言《い》った。

「あして解放《かいほう》してやれば、そのあと一年間《ねんかん》せっせと働《はたら》いてくれます。おほほほほ。」

高笑《たかわら》いをするピューマにわたしはおどろいた。

「働《はたら》いてくれるって……。誰《だれ》のために？　なんのために働《はたら》くの？　みんなは生活《せいかつ》するためだけではないの？」

「もちろん。それから、エンジェル島《とう》のためでございますよ。天使《てんし》の丘《おか》に捧《ささ》げる供物《くもつ》のためです。」

「天使《てんし》の丘《おか》へ捧《ささ》げる供物《くもつ》？　本当《ほんとう》に本当《ほんとう》なの？」

ピューマはにやりと笑《わら》ったわ。あのいやな笑《わら》い。思《おも》いだすだけで、ぞくりとする。

「ルーナ姫《ひめ》、もちろん、本当《ほんとう》のことでございます。」

「うそよ！」

わたしは疑《うたが》っていた。ずっと前《まえ》から、ピューマのことを信《しん》じていなかった。

「何《なに》かわたしの知《し》らないことがあるのよ。ソレイユお姉《ねえ》さまは、その……見《み》てはいけないものを見《み》てしまった。だから目《め》を……。」

ピューマは、わざとらしく悲《かな》しそうな顔《かお》をした。

「ソレイユ姫《ひめ》には、まったくお気《き》の毒《どく》としか言《い》いようがございません。なんとおいたわしい。しかし、自業自得《じごうじとく》。女神《めがみ》さまのお怒《いか》りに触《ふ》れて罰《ばつ》がくだったのです。」

「ちがうわ！　女神《めがみ》さまの罰《ばつ》でなんかないわ。」

わたしはピューマに取《と》りすがった。

「お姉《ねえ》さまが言《い》ったのよ。見《み》てはいけないものを見《み》てしまったと。天使《てんし》の丘《おか》で。だから、目《め》をつぶされてしまったのだって！　お姉《ねえ》さまは女神《めがみ》さまではなく、誰《だれ》か、何者《なにもの》かによって目《め》をつぶされたんだって。お姉《ねえ》さまはあのとき、それだけ言《い》っていたわ。そのあと、いっさい口《くち》をつぐんでしまった。わたしに心配《しんぱい》させたくないからだわ。でも、あのとき言《い》ったことは本当《ほんとう》のことよ。何者《なにもの》かに目《め》を……。」

わたしには察《さっ》しがついていた。それはこのピューマの仕業《しわざ》にちがいないってこと。けれど、ピューマはしらっとして言《い》うのだ。

「ルーナ姫《ひめ》、ソレイユ姫《ひめ》のことはたしかにお気《き》の毒《どく》です。ですが、国《くに》の民《たみ》を疑《うたが》うようなことはおやめになっていただきたく存《ぞん》じます。」

わたしは黙《だま》るしかなかったわ。

「国《くに》の民《たみ》を……そんな、そんなつもりじゃ……。」

お姉《ねえ》さまに手《て》を下《くだ》したのは、あなたの手下《てした》だ。そう言《い》いたいのに、勇気《ゆうき》がなくて言《い》えなかった。

「もう二度《にど》と、国民《こくみん》を犯罪者《はんざいしゃ》よばわりしないでくださいませね。」

「では、では、本当《ほんとう》のことを教《おし》えて！　わたしの知《し》らない秘密《ひみつ》が、あの天使《てんし》の丘《おか》にはあるのでしょう？」

「ルーナ姫《ひめ》がご存《ぞん》じないことなどありません。あたくしが話《はな》していることがすべてです。」

いいえ、ちがう。なぜなら、ピューマだけが天使《てんし》の丘《おか》に登《のぼ》れるただひとりの人《ひと》だったから。なぜ、ピューマだけが女神《めがみ》さまに許《ゆる》されるのだろう。きっとわけがあるに決《き》まってる。

そして、ピューマだけが天使《てんし》の丘《おか》にある『秘密《ひみつ》』を知《し》っているのだ。

天使《てんし》の丘《おか》の秘密《ひみつ》。それは……。

だけど、これ以上《いじょう》、ピューマに聞《き》いたところで無理《むり》だとわかっていた。

「それなら、わたしが自分《じぶん》で調《しら》べる。天使《てんし》の丘《おか》の秘密《ひみつ》を。この目《め》で確《たし》かめてみるしかないわ。」

「ルーナ姫《ひめ》！」

瞬間《しゅんかん》、ピューマの顔《かお》はおそろしい怒《いか》りの表情《ひょうじょう》に変《か》わった。びっくりしているわたしに、ピューマはすごい剣幕《けんまく》で怒鳴《どな》った。

「およしなさいませ！　この国《くに》の掟《おきて》をお忘《わす》れですか！」

掟《おきて》……。忘《わす》れるはずがない。

「丘《おか》へ登《のぼ》った者《もの》はたとえ姫君《ひめぎみ》であっても、死刑《しけい》でございますよ！」

そう、あなた以外《いがい》はね、ピューマ。祈禱師《きとうし》のあなただけが、天使《てんし》の丘《おか》に行《い》けるのだから。

でも、なぜ死刑《しけい》になるの？　聞《き》きたいことはたくさんあった。けれど、とても聞《き》けることではない。たとえ聞《き》いたとしても、けっしてピューマが真実《しんじつ》を言《い》わないことはわかっていたわ。

だから、わたしはあきらめたふりをしたの。そのときは。

ある日《ひ》、ソレイユお姉《ねえ》さまにこっそりと話《はな》したの。

「わたし、どうしても天使《てんし》の丘《おか》に行《い》きたい。」

お姉《ねえ》さまは必死《ひっし》になって止《と》めた。

「だめよ！　絶対《ぜったい》にいけないわ。誰《だれ》かに知《し》られたらたいへんなことよ。ルーナ、あなたも知《し》っているでしょう。天使《てんし》の丘《おか》へ登《のぼ》った者《もの》はたとえ……。」

「ええ。もちろん。たとえ王族《おうぞく》であろうとも、死刑《しけい》だと。」

「知《し》ってて、なぜ！」

わたしはお姉《ねえ》さまの質問《しつもん》には答《こた》えないかわりに、逆《ぎゃく》にお姉《ねえ》さまに質問《しつもん》した。

「お姉《ねえ》さまは、なぜ行《い》ってしまったの？」

「わたくしは……天使《てんし》の丘《おか》の秘密《ひみつ》のウワサを聞《き》いて、それを確《たし》かめたかったのよ。もしそのウワサが本当《ほんとう》なら病《やまい》にたおれた民《たみ》を救《すく》えるかと思《おも》ったのよ。でも、その前《まえ》に見《み》つかってしまった。民《たみ》の反対《はんたい》もあって、わたくしは死刑《しけい》をまぬがれた。けれど、もう二度目《どめ》はないわ。ピューマは許《ゆる》さないでしょう。けっして。」

それからお姉《ねえ》さまは、夜《よる》も眠《ねむ》れないようだった。わたしが天使《てんし》の丘《おか》に行《い》くのをおそれていたから。

お姉《ねえ》さまはわたしの性格《せいかく》を知《し》っている。ふだんはおだやかに見《み》えても、自分《じぶん》の信念《しんねん》をけっして曲《ま》げず行動《こうどう》してしまうことを。

お姉《ねえ》さまに話《はな》したのはよくなかったと後悔《こうかい》したけれど、どうしてもお姉《ねえ》さまにだけは話《はな》しておきたかったの。もしかしたら、あのとき、わたしは自分《じぶん》でも『もしものとき』を考《かんが》えていたのかもしれない。とても危険《きけん》だということはわかっていたから。

それからしばらくは、おとなしくしていたわ。

そして、ついに――。

ある晩《ばん》、お姉《ねえ》さまの飲《の》み物《もの》のなかにこっそり眠《ねむ》り薬《ぐすり》を入《い》れてしまった。どんな巨人《きょじん》でも一瞬《いっしゅん》にして眠《ねむ》りに落《お》ちてしまうラコの実《み》よ。シュシュ、あなたがくわえてきたあの赤《あか》い実《み》。知《し》らなかったでしょう。いいのよ、あなたのせいじゃないわ。

眠《ねむ》りについたお姉《ねえ》さまを見《み》て、さすがに罪悪感《ざいあくかん》を覚《おぼ》えたわ。でも、あとには退《ひ》けない。

急《いそ》いで天使《てんし》の丘《おか》へ向《む》かった。

誰《だれ》にもみつからないように。

どうして、そうまでして天使《てんし》の丘《おか》に行《い》ったのか。

わたしは天使《てんし》の丘《おか》の秘密《ひみつ》を知《し》っていたの。ううん、知《し》っていたという言《い》い方《かた》は適切《てきせつ》ではないわね。そのときは真実《しんじつ》かどうかわからなかったのだから。お姉《ねえ》さまと同《おな》じよ。

側近《そっきん》たちがウワサしているのを、耳《みみ》にしてしまったの。

天使《てんし》の丘《おか》にある泉《いずみ》や湖《みずうみ》の水《みず》には、すべての病《やまい》を治《なお》す力《ちから》がある。

だったら、きっと、お姉《ねえ》さまの目《め》も湖《みずうみ》の水《みず》で治《なお》るはずだと！

そうして、わたしはとうとう誰《だれ》にもみつからずに湖《みずうみ》にたどりつき、持《も》ってきた甕《かめ》に湖《みずうみ》の水《みず》をくんだわ。

誰《だれ》にもみつからずに……。そう思《おも》っていたの。

けれど――。

宮殿《きゅうでん》にもどってきたら、わたしを待《ま》ち構《かま》えていた人《ひと》がいた。

ピューマだった。にやりと笑《わら》いながら、

「ルーナ姫《ひめ》。こんな真夜中《まよなか》にどちらまで？」

「ちょ、ちょっとお散歩《さんぽ》に。ね、眠《ねむ》れなかったから。」

必死《ひっし》に言《い》いわけをしながら、けれど、とてもうそを押《お》し通《とお》せないってわかっていた。後《うし》ろ手《で》に持《も》っていた甕《かめ》はかくしきれなかったから。

「そうですか。しかし、なぜ、甕《かめ》を持《も》っておいでです？」

「こ、これは、お散歩《さんぽ》で喉《のど》がかわいたら飲《の》もうとして……ただの水《みず》です。」

中身《なかみ》は何《なに》かと聞《き》かれてもいないのに、ただの水《みず》だと答《こた》えてしまった。

「ただの水《みず》。ならば。」

ピューマはわたしから甕《かめ》を取《と》り上《あ》げると、一気《いっき》に地面《じめん》に流《なが》してしまった。

「ああっ！」

思《おも》わず悲鳴《ひめい》をあげる。

「どうされましたか？　ただの水《みず》なのに、ずいぶん残念《ざんねん》そうですね。」

「…………」

黙《だま》ってうつむいているわたしに、ピューマは冷《つめ》たく言《い》った。

「ルーナ姫《ひめ》。あれほど申《もう》し上《あ》げていたにもかかわらず、タブーを犯《おか》しましたね。姫君《ひめぎみ》は天《てん》使《し》の丘《おか》へ行《い》かれた。」

「い、いいえ！　行《い》ってないわ。」

「おかしいですね……。あの水《みず》は本当《ほんとう》にただの水《みず》でしょうか。湖《みずうみ》の水《みず》ではないのですか？」

「た、ただの水《みず》です。」

「うそをついてはなりません。ルーナ姫《ひめ》、あたくしがこぼした水《みず》の先《さき》をご覧《らん》なさいませ。」

ピューマは何《なに》を言《い》っているのだろうと、言《い》われたとおり、水《みず》たまりになった地面《じめん》に目《め》をやると……。

「……ヘビ。」

いつの間《ま》にそこにいたのだろう。一匹《ぴき》の大蛇《だいじゃ》が長々《ながなが》と横《よこ》たわっていた。ニシキヘビだった。三メートルほどの長《なが》さのヘビは、背中《せなか》に大《おお》きな傷《きず》を負《お》っていた。傷口《きずぐち》はまだかわかずに、出血《しゅっけつ》している。

ニシキヘビはぐったりしている様子《ようす》だったけれど、水《みず》が流《なが》れてヘビの頭《あたま》をぬらすと、ヘビはほんの少《すこ》しだけ頭《あたま》を持《も》ち上《あ》げて、そして、舌《した》を出《だ》して水《みず》をなめた。

何《なに》が起《お》こるのか、息《いき》をのんで見《み》つめるなか、ヘビは小刻《こきざ》みにふるえた。苦《くる》しそうに体《からだ》をくねらせる。ほんの一、二分《ふん》するとふるえが止《と》まり、ヘビの背中《せなか》の傷《きず》がじょじょに薄《うす》くなっていった。

まるで古《ふる》い絵画《かいが》に修復《しゅうふく》が施《ほどこ》されるように、傷口《きずぐち》がふさがれて……。

そして、完全《かんぜん》に消《き》えた。

「傷《きず》が……なくなってしまった。」

おどろいて呆然《ぼうぜん》としているわたしに、ピューマは言《い》った。

「これぞ、天使《てんし》の丘《おか》の水《みず》の力《ちから》。」

「ウワサは本当《ほんとう》だったのね。……だったらお願《ねが》い！」

わたしはピューマに手《て》を合《あ》わせた。

「お姉《ねえ》さまに湖《みずうみ》の水《みず》を差《さ》し上《あ》げて！　お願《ねが》いです。」

「なんと……。」

ピューマはあきれたように言《い》った。

「ルーナ姫《ひめ》。あなたは今《いま》のご自分《じぶん》の立場《たちば》をおわかりになってないとみえます。」

「立場《たちば》……？」

「さようです。あなたはもう姫《ひめ》でもなんでもない。すぐに死刑《しけい》を宣告《せんこく》されるであろう、罪《ざい》人《にん》です！」

「罪人《ざいにん》！」

衝撃《しょうげき》に顔《かお》をゆがめたわたしに、ピューマはさらに言《い》った。

「姫《ひめ》、あなたは罪人《ざいにん》になる覚悟《かくご》で天使《てんし》の丘《おか》に行《い》ったのであろう。あたくしが釘《くぎ》を刺《さ》したにもかかわらず、あなたは行《い》った。その証拠《しょうこ》がこの水《みず》です。いまさら、何《なに》をそんなにおどろかれる。」

わたしはうなだれた。覚悟《かくご》はあった。それでも、いまだに、死刑《しけい》にされるほどの罪《つみ》を犯《おか》したのだろうかという思《おも》いもあった。

「あなたは、天使《てんし》の丘《おか》に行《い》ったにもかかわらず、散歩《さんぽ》に出《で》ただけだと、あたくしを欺《あざむ》こうとしました。二重《にじゅう》の罪《つみ》を犯《おか》したのです。」

ピューマは淡々《たんたん》とそう言《い》い、それから少《すこ》し優《やさ》しげな声《こえ》を出《だ》した。

「ルーナ姫《ひめ》。あなたに死刑《しけい》を宣告《せんこく》することになろうとは、あたくしもとても残念《ざんねん》です。小《ちい》さいころから、姫《ひめ》さま姉妹《しまい》を見守《みまも》ってきたあたくしは、あなたの母《はは》のような気持《きも》ちでしたから。」

わたしはピューマをにらみつけた。まったくのでたらめだ。よくそんな気持《きも》ち悪《わる》いうそを言《い》えたものだわ。

「しかし！　ここでその気持《きも》ちを封印《ふういん》し、あえて鬼《おに》になって言《い》います。ソレイユ姫《ひめ》には情《なさ》けをかけましたが、今度《こんど》という今度《こんど》は許《ゆる》されません。女神《めがみ》さまもお怒《いか》りです。さあ、者《もの》ども、姫《ひめ》を連《つ》れていけ！」

「お姉《ねえ》さまだけが気《き》がかりだったわ。わたしのことを心配《しんぱい》しているでしょう。いいえ、きっと、すでに死刑《しけい》になって、もう死《し》んでしまったと思《おも》ってるでしょうね。」

シュシュとブランも悲《かな》しそうな目《め》をして、わたしに寄《よ》り添《そ》ってくれた。

「ルーナ、ゼンブオモイダシタ。ツラカッタネ。」

ありがとう、シュシュ。

「だけど、過去《かこ》を悲《かな》しんでばかりいられない。ノアのこともあるし、これからのことを考《かんが》えなくちゃ。」

わたしはふたりにちかった。

「ママをひとり残《のこ》していけない。だけど、どうにか方法《ほうほう》を考《かんが》えて、まずはノアをさがしに行《い》くわ。ピューマがわたしとまちがえてさらっていったのかもしれない。そして、エンジェル島《とう》へ。お姉《ねえ》さまの目《め》を治《なお》すため。それからピューマの秘密《ひみつ》をあばいて、彼女《かのじょ》と対決《たいけつ》する！」

4 人魚伝説《にんぎょでんせつ》

~ノアの章《しょう》~

必死《ひっし》で逃《に》げた。

兄《あに》のことが死《し》ぬほど心配《しんぱい》だったけれど、きっと、逃《に》げられると信《しん》じて、無我夢中《むがむちゅう》で走《はし》った。うっそうとした森《もり》をかけ抜《ぬ》け、もうこれ以上走《いじょうはし》ることも歩《ある》くこともできないと、倒《たお》れこんだ。

冷《つめ》たい地面《じめん》に耳《みみ》をつけると、気持《きも》ちいい。まぶたを閉《と》じる。このまま、ここで眠《ねむ》れたらどんなにいいだろう。けれど、眠《ねむ》りの神《かみ》さまはそうさせてくれなかった。

ふふふ……。

不気味《ぶきみ》な笑《わら》い声《ごえ》が聞《き》こえる。すぐ近《ちか》くで。目《め》をあけるのがいやだった。

「なんとのんきな。昼寝《ひるね》をする余裕《よゆう》があるとは。」

せっかく逃《に》げおおせたと思《おも》ったのに、「ヤツ」は待《ま》ち伏《ぶ》せしていたんだ。

仕方《しかた》なく目《め》をあけると、世界《せかい》でいちばん見《み》たくない顔《かお》が飛《と》びこんできた。

ピューマはあたしを見下《みお》ろし、憎々《にくにく》しげにつぶやいた。

「まったく……。なんて似《に》ていることだろう。まるで双子《ふたご》のようじゃないか。ソレイユとて、ここまでルーナに似《に》てはいない。よくもあたくしを欺《あざむ》いてくれたね。」

「そっちが勝手《かって》にルーナとまちがえて誘拐《ゆうかい》したんじゃない。」

すると、ぴしゃりと頬《ほお》を打《う》たれた。

「なにするの！　ママにもパパにもぶたれたことないのに！」

「ふん。小生意気《こなまいき》なガキが。人《ひと》を欺《あざむ》いてはいけないと、パパもママも教《おし》えてくれなかったのかい？　なるほど、甘《あま》やかされて育《そだ》てられた面《つら》をしてるよ。」

あたしは思《おも》いっきりピューマをにらんだ。泣《な》く子《こ》も黙《だま》るヤンキーにらみだ！　けれど、ピューマには通《つう》じなかった。罠《わな》にかかったネズミでも見《み》るようなまなざしだ。

「しかし、言《い》われてみれば、やはりちがう。同《おな》じ顔《かお》のように見《み》えても、その目《め》つき、態《たい》度《ど》、ルーナには姫《ひめ》としての品格《ひんかく》や優《やさ》しさがあったが、偽者《にせもの》のおまえはどうだ。なんていやしい顔《かお》つきだ。」

ショックだった。

たとえいやなヤツの言葉《ことば》でも、本当《ほんとう》のことだと思《おも》ったから。

ずっと思《おも》ってた。あたしの顔《かお》はルーナとそっくりだけれど、中身《なかみ》はぜんぜんちがうって。

同《おな》じ顔《かお》をしていても、雰囲気《ふんいき》がまるでちがうって。姫《ひめ》と庶民《しょみん》のちがい以上《いじょう》に、その人格《じんかく》にとてつもない差《さ》があるってわかってた。だけど、くやしい。ピューマには言《い》われたくない。

「大《おお》きなお世話《せわ》だよ。あんたのほうがよっぽど意地悪《いじわる》い、いや〜な顔《かお》つきのババアじゃん！」

「なんだって。いい気《き》になるんじゃないよ。二度《にど》とその生意気《なまいき》な口《くち》をきけなくしてやる。」

ピューマは持《も》っていた杖《つえ》を勢《いきお》いよくふり上《あ》げた。

逃《に》げなくちゃ、そう思《おも》ったのに、体《からだ》が動《うご》かない。体力《たいりょく》が限界《げんかい》だった。

もうおしまい。

目《め》を閉《と》じた、ぎゅっと閉《と》じた。助《たす》けて。誰《だれ》か。あたしを助《たす》けて！

心《こころ》のなかでさけんだ。

同時《どうじ》にカッと体《からだ》の中心《ちゅうしん》から熱《あつ》くなるのを感《かん》じた。なんなの、この感覚《かんかく》。吐《は》き気《け》がする！

思《おも》わず目《め》をあけると、ふり下《お》ろされる杖《つえ》をぐっとにらんだ。時間《じかん》が止《と》まったようだった。

そのときだ。

「うっ！」

ピューマがうめき声《ごえ》をあげると、これ以上開《いじょうひら》かないというほど大《おお》きく目《め》を見開《みひら》き、杖《つえ》を放《ほう》り出《だ》した。

杖《つえ》の先《さき》が炎《ほのお》に包《つつ》まれたからだ。

いったいどうしちゃったんだろう。ただ、ピューマはおびえたような顔《かお》になって、あたしを見《み》る。

「ま、まさか、おまえ……。い、いや、きっと幻覚《げんかく》だ。気《き》のせいだ。」

ひとりごとをつぶやくと、落《お》とした杖《つえ》を拾《ひろ》って、しげしげと杖《つえ》を見《み》つめた。

杖《つえ》の先《さき》が焦《こ》げて、細《ほそ》く白《しろ》い煙《けむり》をあげている。

燃《も》えた。ピューマが火《ひ》をつけたの？　一瞬《いっしゅん》で？　どんな魔術《まじゅつ》を使《つか》ったんだろう。あたしに火《ひ》をつけようとしたんだろうか。

「こ、この娘《むすめ》……。」

ピューマの目《め》は恐怖《きょうふ》に見開《みひら》かれ、ふたたび杖《つえ》をふり上《あ》げた。

「やめて！」

「不気味《ぶきみ》なやつよ。二度《にど》と動《うご》けないように！」

今度《こんど》こそ殺《ころ》される、と思《おも》ったとき。

ヒュッ！

あたしの頬《ほお》をかすめて飛《と》んできたものがあった。それは杖《つえ》をふり上《あ》げたピューマの右手《みぎて》に当《あ》たった。石《いし》だ。

「つっ！」

ピューマは杖《つえ》を取《と》り落《お》とした。

「何者《なにもの》！」

ピューマの言葉《ことば》と同時《どうじ》に飛《と》び出《だ》してきたものが、すばやくピューマの両腕《りょううで》をねじりあげる。

その人《ひと》を見《み》て、おどろいた。

白《しろ》いひげをたくわえた、小《ちい》さなおじいさんだったから。

「おまえ……何者《なにもの》だ。あたくしをピューマと知《し》ってのことか!」

「おお、おお、知《し》っておるわいな。わしが何者《なにもの》かなんてどうだっていい。それより、この娘《むすめ》さんをどうするつもりじゃ。」

「この娘《むすめ》はあたくしを欺《あざむ》いた。あたくしを欺《あざむ》くのは、女神《めがみ》さまを欺《あざむ》くのも同《おな》じこと。罰《ばつ》をあたえようとしていたのだ。それのどこが悪《わる》い。じゃまをするな。」

「罰《ばつ》だと? この天使《てんし》の丘《おか》でそんなむごいことをして、穢《けが》してよいものかな。」

おじいさんは、そう言《い》うと、しめあげていたピューマの両腕《りょううで》をほどいた。ピューマは「痛《いた》たたた……。」と、肩《かた》を押《お》さえて辛《つら》そうにしている。

「ううう……筋《すじ》がどうにかなってしまった。たいへんなことをしてくれたな。覚《おぼ》えておくがよい。」

相当痛《そうとういた》むのか、ピューマは捨《す》て台詞《ぜりふ》をはくと、逃《に》げるように立《た》ち去《さ》った。

ヒーローもののアニメなんかじゃ、悪者《わるもの》は必《かなら》ず「覚《おぼ》えておけ。」と言《い》うけれど、リアルに聞《き》いたのは初《はじ》めてだったから、ちょっと感動《かんどう》してしまった。

それにしても、このおじいさん、かっこよすぎない？　あのすばやい身《み》のこなしと腕力《わんりょく》。とてもただの老人《ろうじん》には見《み》えない。白《しろ》いおひげが立派《りっぱ》なのに、背《せ》が低《ひく》いところなんて、なんだかゲームのキャラクターみたいだ。

「あ、あの。助《たす》けていただいて、ありがとうございました。」

深々《ふかぶか》と頭《あたま》をさげると、おじいさんは「ほほお。」と感心《かんしん》したように、微笑《ほほえ》んだ。

「いやいや、礼《れい》はいらんよ。しかし、娘《むすめ》さん、あの祈禱師《きとうし》にはなかなかな口《くち》ぶりだったが、こうしてきちんとお礼《れい》も言《い》えるんじゃのう。」

「見《み》ていたんですね。恥《は》ずかしいです。くやしくて、つい。」

「見《み》たところ、疲《つか》れているようだが、大《おお》きなケガはなさそうじゃな。」

「はい。おかげさまで。あの。おじいさんはどなたでしょうか。」

「わしのことはポセ……いや、プーと呼《よ》んでくれればいい。ところで、娘《むすめ》さんはこの島《しま》の人間《にんげん》ではないな。どこから来《き》なさった。」

「日本《にっぽん》から来《き》ました。いえ、無理《むり》やり連《つ》れてこられたんです。ある人《ひと》とまちがわれて……。きっと、パパもママも心配《しんぱい》してます。」

「それなら、早《はや》く国《くに》に帰《かえ》らねばいかんな。」

「一刻《いっこく》も早《はや》く。でも……どうしたら。あたしには何《なに》がどうなっているのか、わけがわからないんです。生《い》け贄《にえ》とか人魚《にんぎょ》とか、いまだに現実《げんじつ》とは思《おも》えなくて。兄《あに》も同《おな》じことを言《い》ってました。はっ！　そうだ！　海《かい》にいさまはっ！」

あたしは立《た》ち上《あ》がろうとして、くずおれてしまった。

「相当無理《そうとうむり》をしたんじゃろう。しばらく急《きゅう》に動《うご》いたりしたらいかん。娘《むすめ》さんの兄上《あにうえ》は、きっとあの青年《せいねん》じゃな……。」

あの青年《せいねん》って……。もしかして、プーさんは兄《あに》を見《み》たの？　あたしは勢《いきお》いこんで聞《き》いた。

「海《かい》にいさまを見《み》たのですか！　無事《ぶじ》でしたか!?」

「ふむ。見《み》かけないあの青年《せいねん》が、娘《むすめ》さんの兄上《あにうえ》かな。青年《せいねん》は海《うみ》に飛《と》びこんだが、相当泳《そうとうおよ》ぎがうまいでな。どこかに流《なが》されたかもしれんが、あの様子《ようす》なら無事《ぶじ》じゃろう。」

「ああ、よかった！」

あたしは安心《あんしん》して涙《なみだ》ぐんでしまった。

「海《かい》にいさまが無事《ぶじ》じゃなかったら、あたしも死《し》んだほうがマシだもの。」

プーさんはじっとあたしを見《み》ている。その目《め》は灰色《はいいろ》がかった青色《あおいろ》だ。不思議《ふしぎ》な色《いろ》の目《め》。

このおじいさんのイメージは……どこかで見《み》たことがある。そうだ……あれは……。

「プーさんは、ここの長老《ちょうろう》なんですか？　なんでも知《し》っていてお見通《みとお》しみたいに見《み》えます。」

長老《ちょうろう》という人《ひと》がどんな人《ひと》なのか、本当《ほんとう》のところ、よくわかっていなかった。ただ、テレビや映画《えいが》や漫画《まんが》で見《み》た長老《ちょうろう》のイメージと、目《め》の前《まえ》のプーさんの姿《すがた》が重《かさ》なる。威厳《いげん》があって、堂々《どうどう》としていて、なんでも知《し》っている。でも、どこか親《した》しみやすさを感《かん》じる。

「ははは！　長老《ちょうろう》とは！　まあ、そんなものかのう。残念《ざんねん》ながら、大《たい》してえらい者《もの》じゃないがのう。」

プーさんは豪快《ごうかい》に笑《わら》った。

「このエンジェル島《とう》のこと、教《おし》えてください。人魚《にんぎょ》のことも。あたしにとっては、何《なに》もかも謎《なぞ》なんです。」

「さて。あの祈禱師《きとうし》もすぐにもどっては来《こ》ないじゃろう。娘《むすめ》さん、あんたに会《あ》ったのも何《なに》かの縁《えん》……、あんたはこの島《しま》に導《みちび》かれてきたのかもしれん。娘《むすめ》さん、あんたは……。」

プーさんはそこで言葉《ことば》をとぎらせると、じっとあたしを見《み》つめた。その目《め》は厳《きび》しくも、あたたかみにあふれた、まるで孫《まご》でも見《み》るようなまなざしだ。そして、言《い》った。

「そこへお座《すわ》り。」

「ありがとうございます。」

あたしは丸《まる》い岩《いわ》の上《うえ》に腰《こし》を下《お》ろした。プーさんもそばの岩《いわ》の上《うえ》にあぐらをかいて座《すわ》ると話《はな》し始《はじ》めた。

何千年《なんぜんねん》も遠《とお》い昔《むかし》。最後《さいご》の氷河期《ひょうがき》が終《お》わってさらに数千年《すうせんねん》経《た》ってからのことじゃ。

このエンジェル島《とう》は深《ふか》い海《うみ》の底《そこ》にあった。

そこは、人魚《にんぎょ》たちの国《くに》だったんじゃ。まるで海《うみ》の底《そこ》の楽園《らくえん》だった。今《いま》でもこの島《しま》のまわりの海《うみ》は十分《じゅうぶん》に美《うつく》しいが、そのころの美《うつく》しさといったらなかった。人魚《にんぎょ》たちは魚《さかな》と共存《きょうそん》し、幸《しあわ》せに暮《く》らしておった。

もちろん、人間《にんげん》の世界《せかい》のことなんて何《なに》も知《し》らなかったんじゃ。

ところが、あるとき。人魚《にんぎょ》の王《おう》の三十三番目《ばんめ》の娘《むすめ》である、ムルムル姫《ひめ》が、海《うみ》の上《うえ》にあがって、人間《にんげん》の船《ふね》を見《み》てしまった。

ムルムル姫《ひめ》はおどろいた。海《うみ》のなかの世界《せかい》しか知《し》らなかったのだから、無理《むり》もない。まったく見《み》たことも想像《そうぞう》したこともないものが、海《うみ》の上《うえ》に浮《う》かんでいるのだから。

最初《さいしょ》に感《かん》じたのは恐怖《きょうふ》じゃ。あまりのおそろしさに、ほかの人魚《にんぎょ》たちにも話《はな》すことはできなかったんじゃ。

しかし、もともとこのムルムル姫《ひめ》というのは、好奇心《こうきしん》のかたまりのような姫《ひめ》じゃった。何度《なんど》も船《ふね》を見《み》ているうちに、もっと知《し》りたい、見《み》たいという気持《きも》ちがわきおこった。おそるおそる船《ふね》に近《ちか》づいて、とうとう、その船《ふね》に乗《の》っている人間《にんげん》を見《み》たんじゃ。船《ふね》を見《み》たとき以上《いじょう》におどろいた。

娘《むすめ》さん、あんたも人魚《にんぎょ》を見《み》たときはおどろいたじゃろう？

「はい。信《しん》じられませんでした。夢《ゆめ》を見《み》ているのかと思《おも》いました。」

それでも、娘《むすめ》さんは人魚《にんぎょ》という存在《そんざい》を知《し》っていた。物語《ものがたり》のなかや伝説《でんせつ》で聞《き》いていたのじゃろう。だから、人魚《にんぎょ》だと言《い》われてもまったく未知《みち》の存在《そんざい》ではなかった。

しかし、このムルムル姫《ひめ》は、それが人間《にんげん》だとはわからなかったんじゃ。自分《じぶん》と同《おな》じような上半身《じょうはんしん》でありながら、下半身《かはんしん》が魚《さかな》ではなく足《あし》だ。

しかも、ムルムル姫《ひめ》が見《み》たのは、女《おんな》ではなく男《おとこ》だったんじゃ。

ところで、娘《むすめ》さん。あんたの見《み》た人魚《にんぎょ》は女《おんな》だったかね？

「女《おんな》の子《こ》の人魚《にんぎょ》でした。」

ふむ。ここに住《す》む人魚《にんぎょ》で、上半身《じょうはんしん》が人間《にんげん》のようで下半身《かはんしん》が魚《さかな》なのは、すべて女《おんな》じゃ。

「ええっ！　そうなんですか！　人魚《にんぎょ》の男《おとこ》の人《ひと》はちがう姿《すがた》なんですか？」

そうじゃ。男《おとこ》は魚《さかな》の頭《あたま》に人間《にんげん》のような足《あし》がある姿《すがた》だ。

「魚《さかな》に足《あし》!?　それは想像《そうぞう》すると、ちょっと……怖《こわ》い……というか面白《おもしろ》いかも。」

ムルムル姫《ひめ》にとって、男《おとこ》というのはみなその姿《すがた》だ。その姿《すがた》しか見《み》たことがない。初《はじ》めて人間《にんげん》の男《おとこ》を見《み》たムルムル姫《ひめ》は、恐怖心《きょうふしん》を抱《いだ》いただろうか。

いいや、一瞬《いっしゅん》にして恋《こい》に落《お》ちたんじゃ。

「あ。そのお話《はなし》なら知《し》ってます。アンデルセンの『人魚姫《にんぎょひめ》』というお話《はなし》と同《おな》じです。男《おとこ》の人《ひと》は王子《おうじ》さまなんです。人魚姫《にんぎょひめ》は王子《おうじ》さまに恋《こい》をして、それで人間《にんげん》になりたくて、魔法使《まほうつか》いに人間《にんげん》にしてくれるようにお願《ねが》いして……。そして、魔法《まほう》の薬《くすり》を手《て》に入《い》れたんだったっけ……。」

ほお、おどろいた。それはそっくりの話《はなし》じゃな。しかし、少《すこ》しばかりちがっておる。ここには魔法使《まほうつか》いはいないからじゃ。ムルムル姫《ひめ》は自分《じぶん》の力《ちから》で人間《にんげん》になるしかなかった。そこで、何百年《なんびゃくねん》も人間《にんげん》になる方法《ほうほう》を研究《けんきゅう》したんじゃ。

「何百年《なんびゃくねん》！　そんなに長《なが》いあいだ？　ムルムル姫《ひめ》が生《い》きていられるわけないじゃないですか。」

ところが人間《にんげん》とちがって、人魚《にんぎょ》は何百年《なんびゃくねん》も生《い》きることができるんじゃよ。人魚《にんぎょ》の寿命《じゅみょう》は長《なが》いため、ムルムル姫《ひめ》は研究《けんきゅう》を続《つづ》けられたんじゃ。もちろん、恋《こい》した相手《あいて》である人間《にんげん》の男《おとこ》は、とうに死《し》んでしまったがな。

そして、とうとうみつけ出《だ》した。

「人間《にんげん》になる方法《ほうほう》をですか？」

そうじゃ。ただ、自分《じぶん》が人間《にんげん》になることはできない。

しかし、これから生《う》まれてくる子《こ》どもたちなら、人間《にんげん》になれる方法《ほうほう》があると。まあ、これは研究《けんきゅう》の成果《せいか》ではなく、偶然《ぐうぜん》のできごとがきっかけじゃがな。

「信《しん》じられない！　あたしにはプーさんの作《つく》り話《ばなし》にしか思《おも》えないです。人魚《にんぎょ》が人間《にんげん》になるなんて。プーさん、あたしが何《なに》も知《し》らないと思《おも》って、からかってるんですか。」

まさか。真実《しんじつ》の歴史《れきし》じゃよ。

人間《にんげん》の娘《むすめ》さんには理解《りかい》しがたいじゃろうがね。しかし、これは簡単《かんたん》に説明《せつめい》できる。

「簡単《かんたん》に……？」

娘《むすめ》さん。あんたたち人間《にんげん》は生《う》まれてくる前《まえ》にどんな姿形《すがたかたち》だったか、知《し》っておるかね？

「生《う》まれてくる前《まえ》って、母親《ははおや》のお腹《なか》のなかにいるときですよね。どんな姿《すがた》かって、小《ちい》さい赤《あか》ちゃんの姿《すがた》じゃないんですか？」

赤子《あかご》の姿《すがた》になるより、もっと前《まえ》の段階《だんかい》の話《はなし》じゃて。

胎児《たいじ》は、はじめは小《ちい》さな卵《たまご》みたいなもんじゃ。それがやがて、こんな形《かたち》になって……。どれ、木《き》の枝《えだ》で描《か》いてみようかの。

「あ。それって勾玉《まがたま》みたい。母《はは》が前《まえ》に近《ちか》くの神社《じんじゃ》へお参《まい》りにいったとき、お土産《みやげ》に買《か》ってきてくれた鈴《すず》がそんな形《かたち》だったんです。母《はは》が勾玉《まがたま》の形《かたち》だって教《おし》えてくれました。」

そうじゃ。まず、えらができて尻尾《しっぽ》ができる。人間《にんげん》でも獣《けもの》でも、哺乳類《ほにゅうるい》は必《かなら》ず一度《いちど》、こんな魚《さかな》みたいな形《かたち》になるんじゃ。

「必《かなら》ず、一度《いちど》……。それは知《し》りませんでした。もしかして、人魚《にんぎょ》もそうなんですか？」

もちろんじゃとも。ただし、人魚《にんぎょ》の場合《ばあい》は、人間《にんげん》のように変化《へんか》することなく、この魚《さかな》の形《かたち》に近《ちか》いうちに生《う》まれてしまう。

もし、何《なに》かの方法《ほうほう》で、母親《ははおや》の胎内《たいない》でこの魚《さかな》の形《かたち》に留《とど》まることなく、人間《にんげん》のような形《かたち》になったならと、ムルムル姫《ひめ》は考《かんが》えたんじゃ。

そしてあるとき。

海《うみ》の底《そこ》で大異変《だいいへん》が起《お》きた。

海底火山《かいていかざん》が噴火《ふんか》して、海《うみ》の底《そこ》が盛《も》り上《あ》がり、一夜《いちや》にして島《しま》ができあがってしまった。

当時《とうじ》は「火《ひ》の山《やま》の島《しま》」と呼《よ》んでいたんじゃ。

ムルムル姫《ひめ》はその衝撃《しょうげき》で吹《ふ》き飛《と》ばされたが、どうにか一命《いちめい》をとりとめた。しばらく恐怖《きょうふ》から安静《あんせい》にしていたが、傷《きず》がいえてくると、ムルムル姫《ひめ》の持《も》ち前《まえ》の好奇心《こうきしん》がうずいた。誰《だれ》も怖《こわ》がって近《ちか》づかない、火《ひ》の山《やま》の島《しま》へ行《い》ったのじゃ。

近《ちか》づいてみると、島全体《しまぜんたい》がけぶっているのがわかった。溶岩《ようがん》のあいだからは、もうもうと煙《けむり》が吹《ふ》き出《だ》している。吹《ふ》き出《だ》し口《ぐち》はいくつもいくつもあった。

ムルムル姫《ひめ》がよく見《み》ると、煙《けむり》の吹《ふ》き出《だ》しているところのまわりの岩《いわ》には、すでに草《くさ》が茂《しげ》っておったんじゃ。

噴火《ふんか》してから日《ひ》も浅《あさ》いというのに、すでに植物《しょくぶつ》が育《そだ》っているのを見《み》て、煙《けむり》には何《なに》か力《ちから》があるのではないか。ムルムル姫《ひめ》はそう考《かんが》えた。考《かんが》えるだけなら、まだよい。

好奇心《こうきしん》と行動力《こうどうりょく》のかたまりのようなムルムル姫《ひめ》は、煙《けむり》にはどんな力《ちから》があるのか、知《し》りたくなったんじゃ。

そして、すぐに行動《こうどう》に移《うつ》した。試《ため》したんじゃよ。

自分《じぶん》の体《からだ》を使《つか》ってな。

最初《さいしょ》はこわごわと指《ゆび》の先《さき》をかざし、なんともないとわかると、思《おも》いきって全身《ぜんしん》に煙《けむり》をあびた。

すると不思議《ふしぎ》なことに、とても清々《すがすが》しくさわやかな気分《きぶん》になったんじゃ。水《みず》のなかにいるときと同《おな》じように。いいや、それ以上《いじょう》に体中《からだじゅう》の細胞《さいぼう》が生《い》き返《かえ》るような気分《きぶん》を味《あじ》わった。

それからしばらく経《た》って、ムルムル姫《ひめ》は赤《あか》ん坊《ぼう》を産《う》んだ。

「ムルムル姫《ひめ》は結婚《けっこん》したんですか？」

いや。人魚《にんぎょ》は女親《おんなおや》ひとりで子《こ》どもを産《う》めるんじゃよ。

「ええっ！　ほ、本当《ほんとう》ですか！」

本当《ほんとう》じゃ。オスがいなくても、メスだけで卵《たまご》を産《う》む生物《せいぶつ》もおるんじゃ。ハ虫類《ちゅうるい》にもおるぞ。

しかし娘《むすめ》さん、おどろくのはまだ早《はや》い。

ムルムル姫《ひめ》が産《う》んだ赤《あか》ん坊《ぼう》の下半身《かはんしん》は魚《さかな》でなく、足《あし》があったんじゃよ。

「も、もしかして、それって人間《にんげん》だったってことですか!?」

そのとおり。ムルムル姫《ひめ》は人間《にんげん》の姿《すがた》の赤《あか》ん坊《ぼう》を産《う》んだ。それは、あの煙《けむり》をあびたから。

ムルムル姫《ひめ》はそう考《かんが》えた。

そしてその考《かんが》えは当《あ》たっておったんじゃ。

奇跡《きせき》の煙《けむり》をあびて人間《にんげん》の姿《すがた》の赤《あか》ん坊《ぼう》を産《う》んだムルムル姫《ひめ》を見《み》て、人魚《にんぎょ》たちの多《おお》くが煙《けむり》をあびにきた。もちろん、今《いま》までと同《おな》じように人魚《にんぎょ》の子《こ》がよいと思《おも》っている者《もの》たちも大勢《おおぜい》いた。その者《もの》たちはただおそろしい気持《きも》ちで様子《ようす》をうかがっていたのだろう。

人魚《にんぎょ》たちの産《う》んだ人間《にんげん》の姿《すがた》の赤《あか》ん坊《ぼう》は、親《おや》の人魚《にんぎょ》とは別《べつ》に火《ひ》の山《やま》の島《しま》で育《そだ》った。そして、子《こ》どもたちは成長《せいちょう》して、その子《こ》どもを産《う》み……、とうとうその島《しま》に国《くに》をつくった。

火《ひ》の山《やま》は冷《ひ》え、水《みず》がたまり、そこは湖《みずうみ》になった。

「あっ！　そこがここの天使《てんし》の丘《おか》なんですね。」

そうじゃよ。天使《てんし》の丘《おか》はもともとカルデラじゃった。

「じゃあ、ここの人《ひと》たちの先祖《せんぞ》はみんな人魚《にんぎょ》だったたってことなんですね。」

ところがな。おそろしいことに……。

自然《しぜん》の摂理《せつり》にかなわず、無理《むり》に人間《にんげん》の姿《すがた》となって生《う》まれたことで、生《う》まれつき、体《からだ》がとても弱《よわ》い。人魚《にんぎょ》として生《う》まれたのなら何百年《なんびゃくねん》も生《い》きられた体《からだ》が、人間《にんげん》として生《う》まれたことで、すぐに死《し》んでしまう。二十年《ねん》か……長《なが》く生《い》きたとしても、三十年《ねん》しか生《い》きられない。短命《たんめい》なんじゃよ。

「そんな……。」

そのうえ、その煙《けむり》をもう一度《いちど》あびると、ふたたび人魚《にんぎょ》にもどってしまうんじゃ。

「もしかして、今《いま》もその煙《けむり》が出《で》ているところがあるんですか？」

ふむ。昔《むかし》はあっちこっちから噴出《ふんしゅつ》していたが、今《いま》ではたった一か所《しょ》になってしまった。

「それはどこですか？　教《おし》えてください。連《つ》れていってください。」

あたしは、なぜかとても知《し》りたくてしょうがない気持《きも》ちになっていた。

断《ことわ》られるかと思《おも》ったけれど、プーさんはひとつうなずくと、あたしを案内《あんない》してくれた。

そこは、ピューマにおそわれた場所《ばしょ》のすぐ近《ちか》くにあった。

うずたかく階段状《かいだんじょう》に石《いし》が積《つ》まれたその場所《ばしょ》を見《み》て、あたしは悲鳴《ひめい》をあげた。

「ここは……。もしかして。……祭壇《さいだん》？」

いつか古代遺跡《こだいいせき》の写真集《しゃしんしゅう》で見《み》たことがある。

これは……生《い》け贄《にえ》を捧《ささ》げる祭壇《さいだん》だ！

思《おも》わず、身《み》ぶるいした。あたしはここで生《い》け贄《にえ》にされるところだったんだ。

ふと、気《き》づけば、祭壇《さいだん》のまわりからシューシューと煙《けむり》が吹《ふ》き出《だ》していた。ほんのタバコの煙《けむり》ほどの細《ほそ》い煙《けむり》だったけれど。

煙《けむり》を見《み》て、はっとした。そういえば、海《かい》にいさまは言《い》ってたっけ。洞窟《どうくつ》のなかには微量《びりょう》の煙《けむり》がもれ出《で》ていて、ルーナが吸《す》っていれば動《うご》けないと。だけど、ルーナではない人間《にんげん》のあたしだったから、害《がい》がなかったって。ルーナが吸《す》えば、人魚《にんぎょ》にもどってしまうってことなんだ。

じゃあ……この下《した》は、洞窟《どうくつ》……。

「プーさん、この煙《けむり》がそうなんですね。」

そう言《い》ってふり向《む》くと、あれ？　おかしい。どこにもプーさんの姿《すがた》が見《み》えない。

「プーさーん！　どこに行《い》っちゃったんですかー！」

さけんでしばらくさがし回《まわ》ったけれど、どこにもいない。

不思議《ふしぎ》な人《ひと》だった。あの人《ひと》は本当《ほんとう》にいたのかな。もしかして、幻《まぼろし》を見《み》ただけだったの

かな。
プーさんが消《き》えてしまったあと、ひとり残《のこ》されたあたしは、祭壇《さいだん》を見上《みあ》げていた。

5 別《わか》れ

〜海《かい》の章《しょう》〜

追《お》っ手《て》から逃《のが》れるために海《うみ》に飛《と》びこんだ。

思《おも》ったより潮《しお》の流《なが》れが早《はや》く、半《なか》ば流《なが》されてたどりついたエンジェル島《とう》の海岸《かいがん》に立《た》ち、あたりを見《み》わたした。林《はやし》の向《む》こうに明々《あかあか》とした光《ひかり》が見《み》える。

何《なに》やらさわがしい。

太鼓《たいこ》の音《おと》と、歌声《うたごえ》のようだ。

近《ちか》づくと宮殿《きゅうでん》だとわかった。

仮装《かそう》した人々《ひとびと》が踊《おど》っている。

♪　エンジェル島《とう》の祭《まつ》りだ　わーいわい

朝《あさ》はたまごに牛《うし》の乳《ちち》
昼《ひる》はハチミツ　ヤシの酒《さけ》
夜《よる》はひつじの焼《や》き肉《にく》で
飲《の》んで食《た》べて　また踊《おど》る
立《た》てなくなるまで踊《おど》れたら
われら百まで生《い》きられる

どこかハワイアンの旋律《せんりつ》にも似《に》ているような、素朴《そぼく》で陽気《ようき》な明《あか》るい歌《うた》だ。

しかし、ちょうど祭《まつ》りの日《ひ》に来《き》てしまったのか、それとも、生《い》け贄《にえ》がつかまったから祭《まつ》りになったのか。知《し》りたくもなかったが。

島《しま》の人々《ひとびと》が仮装《かそう》をしているのは好都合《こうつごう》だった。目《め》の前《まえ》には誰《だれ》かが脱《ぬ》ぎ捨《す》てたか、まだこれから着《き》るのかわからない男《おとこ》ものの衣装《いしょう》があったので、悪《わる》いが黙《だま》って借《か》りることにした。マスクまであるので、それもかぶる。

もう僕《ぼく》が誰《だれ》だかはわからないだろう。

祭《まつ》りの日《ひ》のためか、宮殿《きゅうでん》の警備《けいび》は手薄《てうす》だ。僕《ぼく》やノアをさがしている連中《れんちゅう》も、まさか宮殿《きゅうでん》にもどってくるとは思《おも》わないだろう。

失明《しつめい》したときに案内《あんない》された、ソレイユ姫《ひめ》の部屋《へや》をさがす。

目《め》が見《み》えないながらも、いや、むしろ、見《み》えなかったおかげなのか、迷路《めいろ》のような宮殿《きゅうでん》のなかで、ソレイユ姫《ひめ》の部屋《へや》への道筋《みちすじ》をはっきり覚《おぼ》えていた。迷《まよ》うことなくさがしあてることができたのだ。

姫《ひめ》は、ひとりで窓辺《まどべ》にたたずんでいた。音《おと》でおどろかせないよう、そっとドアを開《あ》ける。

ソレイユ姫《ひめ》をこの目《め》で見《み》るのは初《はじ》めてだ。想像《そうぞう》していたとおり、いや、それ以上《いじょう》に美《うつく》しい人《ひと》だった。

背《せ》がすらりと高《たか》く、明《あか》るい栗色《くりいろ》の長《なが》い髪《かみ》を夜風《よかぜ》になびかせている。その姿《すがた》は妖精《ようせい》のようだった。ルーナよりも細面《ほそおもて》だが、儚《はかな》げな雰囲気《ふんいき》がルーナに似《に》ている。愁《うれ》いを秘《ひ》めた神秘的《しんぴてき》な瞳《ひとみ》は、とても失明《しつめい》しているようには見《み》えない。

ひとめぼれなんてありえないと思《おも》っていたが、たった今《いま》、僕自身《ぼくじしん》がそうなってしまったと自覚《じかく》した。

しかし、目《め》の見《み》えないソレイユ姫《ひめ》は毎年《まいとし》、こうして祭《まつ》りに参加《さんか》することもなく、ひとりで窓辺《まどべ》にたたずんでいたのかと思《おも》うと、胸《むね》が痛《いた》い。

「ソレイユ姫《ひめ》。」

声《こえ》をかけると姫《ひめ》は少《すこ》しおどろいたようだ。それでも、僕《ぼく》だとわかってくれた。

「その声《こえ》は……海《かい》さま？」

「そうです。僕《ぼく》です。」

「あなたは、天使《てんし》の丘《おか》へ行《い》かれたとばかり……。ジンタは馬《うま》を貸《か》してくれませんでしたか？」

「いいえ。彼《かれ》は約束《やくそく》どおり、立派《りっぱ》な馬《うま》を用意《ようい》してくれました。おかげで天使《てんし》の丘《おか》へ行《い》くことができました。」

「妹《いもうと》さんは！　無事《ぶじ》に助《たす》け出《だ》すことができたんですの？」

「それが……。おかげさまでノアに会《あ》うことはできました。あなたが言《い》ったとおり、妹《いもうと》は生《い》け贄《にえ》にされかけたのです。」

「やっぱり……。でも、妹《いもうと》さんは無事《ぶじ》だったのでしょう？」

「はい。しかし、無事《ぶじ》で安心《あんしん》したのもつかの間《ま》、追《お》っ手《て》が来《き》てしまった。僕《ぼく》は足《あし》を痛《いた》めてしまったから、先《さき》にノアを逃《に》がし、僕《ぼく》も海《うみ》に飛《と》びこんで……こうして今《いま》のところみつかってはいません。妹《いもうと》のほうも無事《ぶじ》でいることを祈《いの》っていますが……いや、必《かなら》ず無事《ぶじ》でしょう。この宮殿《きゅうでん》が見《み》えたから、とっさにここに来《き》てしまった。一目《ひとめ》あなたにお会《あ》いしたら、すぐに妹《いもうと》をさがすつもりでした。妹《いもうと》はまだあの丘《おか》の近《ちか》くにいるはずです。」

「まあ……。たいへんなことになっていたのですね。あっ、それでは、ピューマはまだ、あなたたちをさがしているはず。いけない。もうすぐ、ピューマがもどってきますわ。」

「ソレイユ姫《ひめ》。さっき僕《ぼく》はあなたに一目《ひとめ》会《あ》ったらと言《い》いましたが、じつは、あなたを助《たす》け出《だ》すつもりでここに来《き》ました。いっしょに日本《にっぽん》に行《い》きましょう。この島《しま》から脱出《だっしゅつ》するのです。日本《にっぽん》にはあなたの妹《いもうと》のルーナ姫《ひめ》がいます。それに、僕《ぼく》はもう目《め》が見《み》えるんです。」

ソレイユ姫《ひめ》はおどろいた表情《ひょうじょう》をしたまま、何《なに》も言《い》えずにいた。

「天使《てんし》の丘《おか》の泉《いずみ》の水《みず》で顔《かお》を洗《あら》ったとたん、見《み》えるようになったのです。あなたの目《め》も治《なお》ります。さあ、早《はや》く、ここから出《で》ましょう！」

僕《ぼく》がソレイユ姫《ひめ》の手《て》をにぎろうとすると、姫《ひめ》は控《ひか》えめに首《くび》をふった。

「できません。わたくしに、この宮殿《きゅうでん》を出《で》ることなんてできないのです。また、ピューマにみつかってしまいますわ。そうなったら、もう命《いのち》がありません。わたくしだけじゃない。あなたにも危険《きけん》が……。」

「そんな気弱《きよわ》なことを言《い》わないでください。勇気《ゆうき》を出《だ》して、さあ。」

それでも、ソレイユ姫《ひめ》は首《くび》をふった。今度《こんど》は強《つよ》く。そして僕《ぼく》から逃《に》げるように身《み》をひるがえすと、ベッドに突《つ》っ伏《ぷ》した。

「できません。できないのです。海《かい》さま、どうかあなただけでも逃《に》げてください。一刻《いっこく》も早《はや》く、妹《いもうと》さんを助《たす》け出《だ》してくださいませ。」

「なぜ、できないのですか。僕《ぼく》はあなたといっしょじゃなければいやです！」

僕《ぼく》の強《つよ》い言葉《ことば》に、ソレイユ姫《ひめ》は顔《かお》をあげた。涙《なみだ》にぬれたその顔《かお》を見《み》て、僕《ぼく》は決心《けっしん》した。勇気《ゆうき》を出《だ》して告白《こくはく》しよう。

「ソレイユ姫《ひめ》。僕《ぼく》はあなたを……好《す》きになってしまった。どうか、いっしょに日本《にっぽん》に来《き》てください。」

ソレイユ姫《ひめ》はおどろいた顔《かお》で僕《ぼく》を見《み》つめている。目《め》の見《み》えないその瞳《ひとみ》が僕《ぼく》をとらえてい

る。海《うみ》のように深《ふか》く神秘的《しんぴてき》な瞳《ひとみ》に吸《す》いこまれそうだった。

そのとき。

はっとしたようにソレイユ姫《ひめ》は言《い》った。

「たいへんです！　ピューマの足音《あしおと》が。ここへ、ベッドの下《した》へ。早《はや》くっ！」

僕《ぼく》は急《いそ》いで言《い》われたとおり、ベッドの下《した》へともぐりこんで息《いき》をひそめた。ベッドの下《した》のすきまから様子《ようす》をうかがう。

間一髪《かんいっぱつ》、ドアの開《ひら》く音《おと》がして、ピューマが入《はい》ってきた。

「ピューマ、ノックもしないで失礼《しつれい》ではないですか。」

ピューマは姫《ひめ》の言葉《ことば》を無視《むし》して言《い》った。

「ソレイユ姫《ひめ》、あなたは日本人《にほんじん》の男《おとこ》を天使《てんし》の丘《おか》へと来《こ》させましたね。」

はっとした。ソレイユ姫《ひめ》は何《なに》も言《い》わない。

ビシッ！

ピューマが、いらついたように持《も》っている杖《つえ》で床《ゆか》をたたく。

「わかっているのですよ！　あの日本人《にほんじん》の男《おとこ》と姫《ひめ》で協力《きょうりょく》して、生《い》け贄《にえ》を逃《に》がすことを企《くわだ》てたのですね。」

それでも、ソレイユ姫《ひめ》は黙《だま》ったまま、けっしてピューマのほうへ顔《かお》を向《む》けようともしない。まるでピューマと向《む》き合《あ》うだけで穢《けが》れるとでもいうように。

「そうですか。そうやっていつまでも黙《だま》り通《とお》せるとお思《おも》いですか。ならばいいでしょう。あたくしはホンモノのルーナ姫《ひめ》が日本《にっぽん》にいることも知《し》ってます。すでに、殺《ころ》し屋《や》を日本《にっぽん》に行《い》かせました。」

なんだって！　ルーナを殺《ころ》し屋《や》におそわせるつもりか……。なんてことだ。

「なんて執念深《しゅうねんぶか》い人《ひと》。」

ソレイユ姫《ひめ》が初《はじ》めてピューマに顔《かお》を向《む》けた。

「なぜ、そこまでするのです！」

しかし、ピューマはソレイユ姫《ひめ》の怒《いか》りの問《と》いかけに答《こた》えることもなく、続《つづ》けて言《い》った。

「それから、あの偽者《にせもの》のルーナ姫《ひめ》とその兄《あに》である日本人《にほんじん》の男《おとこ》も、みつけ次第《しだい》、ワニのえじきにしますから、そのつもりで。」

ピューマは言《い》いたいことだけ言《い》うと、乱暴《らんぼう》にドアを閉《し》めて出《で》ていってしまった。

少《すこ》しして、ソレイユ姫《ひめ》がささやいた。

「足音《あしおと》が遠《とお》ざかり、もう聞《き》こえません。大丈夫《だいじょうぶ》ですよ。」

「ありがとうございます。助《たす》かりました。」

僕《ぼく》はベッドの下《した》から抜《ぬ》け出《で》ると、あらためて言《い》った。

「姫《ひめ》、すぐにここから出《で》ましょう。」

しかし、ソレイユ姫《ひめ》はゆるゆると首《くび》をふり、きっぱりとした口調《くちょう》で言《い》った。

「海《かい》さま。お気持《きも》ちをありがたく存《ぞん》じます。しかし、もし、日本《にっぽん》に行《い》く途中《とちゅう》でわたくしたちまでもが死《し》んでしまったら、ルーナはどれほど悲《かな》しむでしょう。わたくしは、海《かい》さまもご存《ぞん》じのとおり、この国《くに》の王女《おうじょ》です。ルーナを思《おも》う気持《きも》ちは誰《だれ》にも負《ま》けませんが、わたくしの気持《きも》ちを優先《ゆうせん》させて、このエンジェル島《とう》を去《さ》ることはできません。それでは、島《しま》の民《たみ》を裏切《うらぎ》り、捨《す》てたも同《おな》じこと。わたくしはここに残《のこ》ります。」

ソレイユ姫《ひめ》の決意《けつい》は痛《いた》いほど伝《つた》わってきた。ルーナの姉《あね》であるのと同時《どうじ》に、いや、それ以上《いじょう》にこの国《くに》の姫《ひめ》としてのほこりと責任《せきにん》を持《も》って行動《こうどう》しようとしている。

だからこその品格《ひんかく》なのだと、あらためてわかった。そんなソレイユ姫《ひめ》だから、僕《ぼく》はこの人《ひと》を好《す》きになったのだとわかったのだ。

「姫《ひめ》、もうご無理《むり》は言《い》いません。ただ、これだけはわかってほしいのです。古《ふる》いしきたりに身《み》をまかせるのはおやめください。」

ソレイユ姫《ひめ》は、静《しず》かに僕《ぼく》を見《み》つめた。

「それは……天使《てんし》の丘《おか》のことですね。」

「そうです。新《あたら》しい時代《じだい》の目《め》を開《ひら》くことです。これはわれわれの国《くに》でも同《おな》じことです。どうかご無事《ぶじ》で……。」

二度《にど》と会《あ》えないだろうソレイユ姫《ひめ》の姿《すがた》を、この目《め》に焼《や》き付《つ》けようと見《み》つめ、窓《まど》から出《で》ていく。せり出《だ》した木《き》の枝《えだ》につかまりながら降《お》りていく。一度《ど》だけ窓《まど》を仰《あお》ぎみる。ソレイユ姫《ひめ》が心配《しんぱい》そうにこちらに向《む》けている顔《かお》が涙《なみだ》でかすむ。

「海《かい》さま！　これをわたくしと思《おも》ってお持《も》ちください！」

投《な》げられたものを受《う》け止《と》めると同時《どうじ》に、姫《ひめ》は窓辺《まどべ》から姿《すがた》を消《け》した。

手《て》の平《ひら》には、真珠《しんじゅ》の首飾《くびかざ》りがあった。

登《のぼ》ってくる朝日《あさひ》に照《て》らされて、清《きよ》らかに涼《すず》やかに輝《かがや》いていた。

6 ノアの秘密《ひみつ》

〜ルーナの章《しょう》〜

冬《ふゆ》だというのに、台風並《たいふうな》みに風《かぜ》の荒《あ》れた日《ひ》だった。

強風《きょうふう》のため、電車《でんしゃ》が不通《ふつう》になるといけないからと、学院《がくいん》ではいつもより早《はや》く授業《じゅぎょう》が切《き》り上《あ》げられた。

駅《えき》の改札口《かいさつぐち》を出《で》たとたん、

「お嬢《じょう》さん、お嬢《じょう》さん。」

ふいに声《こえ》をかけられた。ふりかえると、男《おとこ》の人《ひと》がいた。メガネをかけてスーツを着《き》た、海《かい》にいさまよりいくらか年上《としうえ》に見《み》える男《おとこ》の人《ひと》だった。やせていて頰《ほお》がこけている。

「お嬢《じょう》さんは、宋源《そうげん》ノアさんですね。」

うなずこうとして、思《おも》いとどまった。

以前《いぜん》、駅《えき》で誰《だれ》かに見《み》られている気配《けはい》を感《かん》じたことがあるのを思《おも》いだした。それから、ノアが行方不明《ゆくえふめい》になった。ピューマが疑《うたが》わしいけれど、それだけじゃない。ノアが小《ちい》さいころに誘拐《ゆうかい》されたことを海《かい》にいさまは心配《しんぱい》していた。

犯人《はんにん》はすべて焼死《しょうし》したと思《おも》っていたのに、また予告状《よこくじょう》が届《とど》いたと。

それには『ふたたび、お嬢《じょう》さんを誘拐《ゆうかい》する。』と書《か》かれていた。その組織《そしき》の名《な》は『XY《エックスワイ》Z《ゼット》』。

もしかしたら、目《め》の前《まえ》のこの男《おとこ》の人《ひと》がその一味《いちみ》かもしれない。

男《おとこ》の人《ひと》はわたしが何《なに》も言《い》わないので、ちょっと笑《わら》った。笑《わら》うと優《やさ》しそうに目《め》が細《ほそ》くなった。

「もしかして、警戒《けいかい》してるのかな。そうだね、急《きゅう》に知《し》らない男《おとこ》に声《こえ》をかけられたら、びっくりするね。お嬢《じょう》さまじゃしょうがないか。」

もう、『お嬢《じょう》さま』ではないけれど、と思《おも》った。それに、たとえお嬢《じょう》さまじゃなくても、知《し》らない男《おとこ》の人《ひと》に声《こえ》をかけられたら、警戒《けいかい》するわ。

「あやしい者《もの》じゃないよ。僕《ぼく》の兄《あに》が昔《むかし》、波太郎《なみたろう》さんにお世話《せわ》になったんだよ。その兄《あに》はつい先月《せんげつ》、亡《な》くなってしまって。生前《せいぜん》、波太郎《なみたろう》さんに恩返《おんがえ》しがしたいと思《おも》いながらもかなわなかったと、とても後悔《こうかい》してた。僕《ぼく》はそれを兄《あに》の遺言《ゆいごん》と思《おも》っていたのだけど、波太郎《なみたろう》さんも突然《とつぜん》……。このたびはご愁傷《しゅうしょう》さまでした。」

男《おとこ》の人《ひと》は、あらたまった感《かん》じで頭《あたま》をさげた。

わたしも目《め》を伏《ふ》せて、礼《れい》を返《かえ》した。

「そのうえ、お兄《にい》さんも……。たいへんだったね。失礼《しつれい》だけど、経済的《けいざいてき》に困《こま》っていると聞《き》いて。……僕《ぼく》は、今《いま》こそ、兄《あに》の恩返《おんがえ》しをするときだと思《おも》ったんだ。どうか、援助《えんじょ》をさせてほしい。」

急《きゅう》にそんなことを言《い》われておどろいた。援助《えんじょ》させてくれと言《い》われても、見《み》ず知《し》らずの人《ひと》に……。ママだって困《こま》るだろうと思《おも》い、なんと返事《へんじ》してよいか困《こま》ってしまった。

それに、こうしてわたしを待《ま》ち伏《ぶ》せしていることもあやしい。

どうして家《いえ》に電話《でんわ》で連絡《れんらく》してこないのかしら。もしかしたら電話番号《でんわばんごう》を知《し》らないのかもしれないけれど。

すると、男《おとこ》の人《ひと》は内《うち》ポケットから名刺《めいし》を取《と》り出《だ》した。

「普通《ふつう》に援助《えんじょ》するといっても、きっと断《ことわ》られるだろうと思《おも》って。僕《ぼく》はこういう者《もの》です。」

名刺《めいし》には『笹林画廊《ささばやしがろう》・笹林要《ささばやしかなめ》』と書《か》かれていた。

「画廊《がろう》……。」

「亡《な》くなった父《ちち》が経営《けいえい》していた店《みせ》を継《つ》いでいるんだ。一度《いちど》、他人《たにん》の手《て》にわたってしまったんだけど、昨年《さくねん》買《か》いもどした。そこで、ノアさんのお母《かあ》さま、宋源亜美《そうげんあみ》さんの絵《え》を譲《ゆず》っていただきたいのだけれど、いかがだろうか。」

それはきっとママも喜《よろこ》ぶ。とっさにそう思《おも》った。でも……。

「あの……ありがとうございます。でも、絵《え》はすでに処分《しょぶん》してしまって、もう一点《てん》しか残《のこ》っていないんです。」

「もうすでに売《う》ってしまったんだね。しかし良《よ》かった。一点《てん》だけ残《のこ》っているとは。ぜひ、その残《のこ》った絵《え》を拝見《はいけん》したい。どうか見《み》せてはくれないだろうか。」

「それが、ごめんなさい。その絵《え》は売《う》りたくないのです。」

「それはまた、どうして？」

「あの絵《え》は……母《はは》がわたしを描《か》いて、プレゼントしてくれたものなんです。だから、とても売《う》れません。」

　わたしではなく、ノアへのプレゼントだ。ノアはこのことを知《し》らない。ノアはまだあの絵《え》を見《み》ていない。それなのに売《う》ってしまうなんて、できるわけないわ。

「そうかあ。困《こま》ったなあ。しかし、拝見《はいけん》させてもらうだけでもできないかな。じつを言《い》うとね、僕《ぼく》は亜美《あみ》さんの絵《え》のファンなんだ。いや、ファンになったと言《い》ったほうがいいかな。恥《は》ずかしながら、画廊《がろう》を始《はじ》めてからようやく絵《え》の勉強《べんきょう》を始《はじ》めたところで、それまでは絵《え》のことなんてぜんぜんわからなかったんだよ。」

　そう言《い》って笑《わら》う笹林《ささばやし》さんを見《み》て、ママのファンならきっとママも喜《よろこ》ぶ。絵《え》を見《み》てもらいたいという気持《きも》ちになった。

「アパートにあるんです。母《はは》はまだ仕事《しごと》から帰《かえ》ってきてないと思《おも》うのですが。」

「それなら、アパートの外《そと》で待《ま》たせてもらってもいいかな。」

「わかりました。ここから歩《ある》いてすぐです。」

　アパートの外《そと》で待《ま》っていると言《い》われたことに安心《あんしん》して、わたしは笹林《ささばやし》さんをアパートに案内《あんない》することにした。

「ノアさん、失礼《しつれい》なことを聞《き》くけど、親戚《しんせき》の人《ひと》は誰《だれ》も助《たす》けてくれないの？」

笹林《ささばやし》さんに聞《き》かれて、わたしは首《くび》をかしげた。

「父《ちち》はひとり息子《むすこ》で、父方《ちちかた》の祖父母《そふぼ》はわたしがまだ幼《おさな》いころに亡《な》くなりました。母《はは》は父《ちち》との結婚《けっこん》を反対《はんたい》されたと聞《き》いてます。結婚《けっこん》するなら、親子《おやこ》の縁《えん》を切《き》るとまで言《い》われてそれっきり。ニュースで父《ちち》のことを知《し》ったと思《おも》うのですが。でも、親戚《しんせき》から連絡《れんらく》があったというのは、母《はは》からは聞《き》いていません。」

ノアから聞《き》いていた話《はなし》をそのまま伝《つた》えると、笹林《ささばやし》さんはふうん、と感心《かんしん》したように言《い》った。

「きみはしっかりしているね。たいへんなことが立《た》て続《つづ》けに起《お》こったというのに、大《たい》したもんだ。じゃあ、きみはアパートにお母《かあ》さんとふたりっきりで、ほかにたよる人《ひと》もいないんだね。」

わたしはうなずいた。だから、ママをひとりぼっちにすることはできない。ノアのことが心配《しんぱい》で、早《はや》くさがし出《だ》したいのだけれど……。

アパートのドアの鍵《かぎ》を開《あ》けた。シュシュとブランはまだもどってきていないようだ。

「今日《きょう》は風《かぜ》も強《つよ》いし寒《さむ》いので、よかったら……。」

本当《ほんとう》は少《すこ》しだけ危険《きけん》かなと思《おも》ったけれど、きっとすぐにシュシュとブランが帰《かえ》ってくると思《おも》ったし、何《なに》よりママの絵《え》を見《み》てもらいたかった。

「いいのかい？　じゃ、絵《え》だけ拝見《はいけん》して、すぐに出《で》るよ。」

笹林《ささばやし》さんが部屋《へや》に入《はい》ると、クローネが毛《け》を逆立《さかだ》ててシャーッと威嚇《いかく》した。クローネが人間《にんげん》を威嚇《いかく》するなんて、初《はじ》めて見《み》た。そういえば、ブランとシュシュを初《はじ》めて見《み》たときも威《い》嚇《かく》したっけ。おとなの男《おとこ》の人《ひと》には慣《な》れていないのかもしれないと思《おも》った。

笹林《ささばやし》さんはとくに気《き》にする様子《ようす》もなく、飾《かざ》ってある絵《え》を見《み》て、

「これだね！」

と興奮《こうふん》したように言《い》った。

「思《おも》ったとおりだ。すばらしい！」

目《め》を輝《かがや》かせてほめるので、わたしもうれしくなった。

「もっと、よく見《み》たいな。これをはずすことはできるかい？」

「はい。裏《うら》にひもを通《とお》してひっかけているだけだから、すぐに。」

絵《え》をはずそうとしたときだ。

突然《とつぜん》だった。ぐっと喉《のど》をしめつけられた。後《うし》ろから羽交《はが》いじめにされ、首《くび》に腕《うで》を回《まわ》してしめあげられる。

く、苦《くる》しい！

ああ、やっぱり知《し》らない人《ひと》をアパートに入《い》れては危険《きけん》だったんだ。後悔《こうかい》したけれど遅《おそ》かった。

クローネが大《おお》きな声《こえ》で鳴《な》くのを、薄《うす》れていく意識《いしき》のなかで聞《き》いた。


う……ん。

気《き》がつくと、ベッドの上《うえ》に寝《ね》かせられていた。

はっとして、起《お》きようとするけれど、身動《みうご》きがとれない。体《からだ》をベルトでベッドに固定《こてい》されている。

「助《たす》けて……。」

壁《かべ》も天井《てんじょう》も床《ゆか》もむき出《だ》しのコンクリートだ。ベッドも簡素《かんそ》なパイプベッドで、ベッドの

まわりにたくさんの機械《きかい》が置《お》かれていた。その向《む》こうはパーティションで仕切《しき》られ、どうなっているのか見《み》えない。

頭《あたま》や手首《てくび》を固定《こてい》されたベルトからは、たくさんの配線《はいせん》がのびていた。

恐怖《きょうふ》で体《からだ》が縮《ちぢ》みあがった。

「だ、誰《だれ》か!」

かすれた声《こえ》でさけぶと、パーティションの向《む》こう側《がわ》から、

「気《き》がついたかい。」

笹林《ささばやし》さんがうっすらと笑《わら》いながら顔《かお》を出《だ》した。なぜか白衣《はくい》を着《き》ている。

「笹林《ささばやし》さん! どうしてこんなことをするんですか! 家《いえ》に帰《かえ》してください。」

「悪《わる》いが、まだ帰《かえ》せないんだよ。きみをいろいろと調《しら》べなくちゃならないからね。」

「調《しら》べるって……。何《なに》を調《しら》べるんですか。」

もしかして、わたしがノアでなくてルーナだということがばれてしまったのかとおそれた。

「きみは、以前《いぜん》、誘拐《ゆうかい》されたことがあるだろう?」

はっとした。

「もしかして、笹林《ささばやし》さんは……『XYZ《エックスワイゼット》』だったんですか!?」

笹林《ささばやし》さんはにやりと笑《わら》った。

「さて、それはどうだろう。」

「お兄《にい》さんが父《ちち》に恩《おん》があったというのは、うそだったんですか？」

「作《つく》り話《ばなし》だ。僕《ぼく》には兄《あに》はいない。画廊《がろう》を経営《けいえい》しているというのもうそだ。しかし、父《ちち》が亡《な》くなったというのは本当《ほんとう》で、波太郎《なみたろう》に縁《えん》があったのは父《ちち》だ。父《ちち》はあんたのおやじの波太郎《なみたろう》に、さんざんな目《め》にあわされた。」

「……お父《とう》さまの復讐《ふくしゅう》をしようとして、わたしを誘拐《ゆうかい》したんですか？」

「復讐《ふくしゅう》？　考《かんが》えたこともない。父《ちち》は気《き》の毒《どく》だったがそれは父《ちち》の人生《じんせい》だ。僕《ぼく》には何《なに》も関《かか》わりがない。波太郎《なみたろう》には恩《おん》はもちろんのこと、とくに憎《にく》しみやうらみもないさ。だいいち、きみを誘拐《ゆうかい》したところで、波太郎《なみたろう》はすでに死《し》んでいる。破産《はさん》した宋源家《そうげんけ》じゃ、身代金《みのしろきん》の要求《ようきゅう》もできない。」

「じゃあ、どうして。」

「さっきも言《い》っただろう。きみを調《しら》べるためさ。」

わたしは黙《だま》った。この人《ひと》はわたしの何《なに》を調《しら》べようとしているのだろう。もし、わたしがノアではなく、ルーナだと知《し》っているとしたら、うかつなことはしゃべれない。

「おや。いきなり口《くち》をつぐんだね。きみ自身《じしん》、その正体《しょうたい》に気《き》づいていないということを聞《き》いたが……どうやら、うすうす感《かん》づいてはいるようだね。」

『きみ自身《じしん》、その正体《しょうたい》に気《き》づいていない』と聞《き》いていた？　それは誰《だれ》に？　笹林《ささばやし》さんはなんのことを言《い》ってるんだろう。

もしかして、わたしがルーナだということではなくて、ほかのことなんだろうか。

「まだ、黙《だま》っているのか。ならば、力《ちから》ずくでその能力《のうりょく》を見《み》せてもらうしかないな。」

力《ちから》ずくで？　何《なに》をするつもり!?

「や、やめて！」

わけがわからず、恐怖《きょうふ》で声《こえ》がかすれる。

「教《おし》えてください。」

必死《ひっし》で声《こえ》を張《は》り上《あ》げる。

「正体《しょうたい》ってなんのことですか。わたしが感《かん》づいているって何《なに》にですか。わたしにはなんのことかわかりません。でも！」

そこで無理《むり》やり深呼吸《しんこきゅう》すると、思《おも》いきって言《い》ってしまった。

「笹林《ささばやし》さんは知《し》っているんでしょう？　教《おし》えてください。わたしの正体《しょうたい》を。」

もしかしたら、藪蛇《やぶへび》になるかもしれないと思《おも》った。おまえはノアではないな、と言《い》われるかもしれない。それでも、笹林《ささばやし》さんが何《なに》を考《かんが》えているのか、わたしをどうしたいのか知《し》りたい。その気持《きも》ちが強《つよ》かった。

「シラを切《き》るつもりか。……いや。」

笹林《ささばやし》さんは、そこで一台《だい》の機械《きかい》に近《ちか》づくと凝視《ぎょうし》した。

「わかった。ならば教《おし》えてやろう。ノア、きみには特別《とくべつ》な能力《のうりょく》がある。」

「えっ？」

予想外《よそうがい》の答《こた》えだった。

「しかし、いまだに自覚《じかく》はないようだし、コントロールできるものではない。ある状況下《じょうきょうか》においてだけ発揮《はっき》される能力《のうりょく》と言《い》ってよいだろう。誰《だれ》もが持《も》ちえる能力《のうりょく》ではない。超能力《ちょうのうりょく》だ。」

「超能力《ちょうのうりょく》……。」

聞《き》いたことがある。あれは誰《だれ》からだったかしら。海《かい》にいさま……かもしれない。

「それは、スプーンを曲《ま》げたり、他人《ひと》と言葉《ことば》をかわさなくても考《かんが》えていることがわかったり、それから、物《もの》に触《さわ》らないのに動《うご》かすことができたり、一瞬《いっしゅん》にして移動《いどう》できてしまう能《のう》力《りょく》のことですか？」

「テレパシー、サイコキネシス、テレポーテーション、ほかにも透視能力《とうしのうりょく》のクレヤボヤンス、予知能力《よちのうりょく》のプレコグニションなどがあげられるが、きみはそのどれでもない。きみの能力《のうりょく》はパイロキネシスだ。」

「パ……イロキ……ネシス？」

初《はじ》めて聞《き》く言葉《ことば》。

「いったい、それって、どんな……？」

「発火能力《はっかのうりょく》だ。火《ひ》を発生《はっせい》させることができる。マッチやライターを使《つか》わずに。何《なに》もないところでね。」

「発火《はっか》？　……火《ひ》って……はっ、もしかして！」

わたしはノアや海《かい》にいさまから聞《き》いた、事件《じけん》のことを思《おも》いだした。

ノアが誘拐《ゆうかい》されたとき、原因不明《げんいんふめい》の火事《かじ》が起《お》こったこと。『XYZ《エックスワイゼット》』の犯人《はんにん》グループは焼死《しょうし》し、ノアは無傷《むきず》で救助《きゅうじょ》されたこと。

まさか、ノアがパイロキネシスを発揮《はっき》して、火事《かじ》を起《お》こしたっていうの？

「その顔《かお》を見《み》る限《かぎ》り、やはり、感《かん》づいてはいなかったようだな。」

「ま、待《ま》って。ノ……わたしにそんな能力《のうりょく》があるなんて、それは確《たし》かなことなんですか？」

「じつは、これは警察《けいさつ》にも知《し》られていないことだが、『XYZ《エックスワイゼット》』でなく、あの場所《ばしょ》にたまたま居合《いあ》わせてしまった人物《じんぶつ》が、見《み》ていた。きみの目《め》が不気味《ぶきみ》な色《いろ》に光《ひか》ったあと、きみがにらんでいたテレビがいきなり火《ひ》を吹《ふ》いたと。そのあと、カーテン、テーブル、ソファーとあらゆるものをにらみつけ、どんどん火《ひ》をつけていったのを見《み》ていた。」

「し、信《しん》じられない。まさか、そんな能力《のうりょく》がわたしに……。だけど、もし、万《まん》が一《いち》、そうだとしても、笹林《ささばやし》さんはわたしに何《なに》をしたいのですか？」

「ただ知《し》りたいだけだ。この目《め》で確《たし》かめたい。超能力《ちょうのうりょく》を研究《けんきゅう》している科学者《かがくしゃ》として。」

「科学者《かがくしゃ》？」

「そうだ。この研究《けんきゅう》は日本《にっぽん》ではなかなか難《むずか》しい。しかしそれは表向《おもてむ》きのこと。きみのデータを喉《のど》から手《て》が出《で》るほど欲《ほ》しがっている組織《そしき》はある。たとえば……。まあ、それはきみには関係《かんけい》ないことだ。」

「科学者《かがくしゃ》として知《し》りたいと言《い》いながら、わたしの能力《のうりょく》を利用《りよう》するつもりなんですね。」

そう言《い》うと、笹林《ささばやし》さんはぎろりとわたしをにらんだ。

「よけいなことを言《い》わなくていい。きみが僕《ぼく》に何《なに》か言《い》える立場《たちば》でないことがわかっていないようだね。さっきも言《い》ったが、きみはある状況下《じょうきょうか》においてのみ、超能力《ちょうのうりょく》を発揮《はっき》する。それは極度《きょくど》の不安《ふあん》な心理状態《しんりじょうたい》、たとえば、命《いのち》の危険《きけん》にさらされたときだ。」

「その状況《じょうきょう》を作《つく》り出《だ》すってことですか。」

「きみはなかなか頭《あたま》がいいね。そのとおりだ。なあに、ちょっとだけ痛《いた》い思《おも》いをしてもらうだけさ。僕《ぼく》だって、子《こ》どもにこんなことをしたくないんだけど。」

笹林《ささばやし》さんは機械《きかい》に向《む》かった。なんだかわからないその機械《きかい》から出《で》た配線《はいせん》が、わたしの頭《あたま》や腕《うで》や足《あし》のベルトに繋《つな》がっている。機械《きかい》のボタンを押《お》そうとしたそのときだ。

一瞬《いっしゅん》にして、真《ま》っ暗《くら》になった。電気《でんき》が消《き》えた！

「くそっ！　ブレーカーが落《お》ちたか。」

笹林《ささばやし》さんが舌打《したう》ちした、そのとき。

ドスッ！

にぶい音《おと》がしたかと思《おも》うと、ドンッ！　と床《ゆか》に何《なに》かが倒《たお》れた音《おと》がした。

「笹林《ささばやし》さん!?」

返事《へんじ》がない。もしかして、笹林《ささばやし》さんが何者《なにもの》かにおそわれたの？

「誰《だれ》っ？　だ、誰《だれ》かいるの？」

暗闇《くらやみ》のなか、何《なに》かが動《うご》く気配《けはい》があって、
バチン！　バチン！

体《からだ》を拘束《こうそく》していたベルトが切《き》られた。

「だ、誰《だれ》なの！」

ひとりじゃない！　ふたりいる！　人《ひと》の気配《けはい》はふたり、もしくはそれ以上《いじょう》。

その人《ひと》たちは何《なに》もしゃべらず、わたしをベッドから降《お》ろす。とたん、ひょいと足《あし》が宙《ちゅう》に浮《う》いた。担《かつ》がれてしまった。

「何《なに》をするの？」

助《たす》けてくれようというのか。それとも……。

わたしは恐怖《きょうふ》で頭《あたま》がどうにかなりそうだった。ただ、担《かつ》がれてその肩《かた》に触《ふ》れてびっくりしたのが、どうやら男《おとこ》の人《ひと》ではなくて、女《おんな》の人《ひと》らしいこと。

しかも、かなり華奢《きゃしゃ》で細《ほそ》い人《ひと》。女《おんな》の人《ひと》というより、女《おんな》の子《こ》？　どこからそんな力《ちから》が出《で》るのかと思《おも》うほどの小柄《こがら》な人《ひと》だった。

担《かつ》がれたまま猛《もう》スピードで走《はし》りだす。超人的《ちょうじんてき》な速《はや》さだ。

そこはどこか倉庫《そうこ》のような場所《ばしょ》だったのか、鉄《てつ》の扉《とびら》を開《あ》けると、いきなり嵐《あらし》にあおられた。外《そと》はいつの間《ま》にか雨《あめ》も降《ふ》っていたのだ。飛《と》ばされそうな強《つよ》い風《かぜ》に、横《よこ》なぐりの痛《いた》いほどの雨《あめ》。一瞬《いっしゅん》でずぶぬれになった。

日没《にちぼつ》を過《す》ぎて、あたりはすっかり暗《くら》くなっていた。

そこで、ようやくわたしは、わたしを担《かつ》いでいる女《おんな》の人《ひと》を見《み》ることができた。

まったく見覚《みおぼ》えのない、見《み》ず知《し》らずの人《ひと》だった。けれど、思《おも》ったとおり、まだ子《こ》どもだった。わたしよりほんの少《すこ》しだけ年上《としうえ》に見《み》える少女《しょうじょ》だ。

「あなたは誰《だれ》！　わたしを助《たす》けてくれたのでしょう？」

何《なに》も答《こた》えてくれない。

けれど、もうひとり、あたりを見《み》わたしている女《おんな》の子《こ》がわたしを見《み》て、ふっと笑《わら》った。

このふたりは……同《おな》じ顔《かお》をしていた。わたしとノアのように。まるで双子《ふたご》のよう。ふたりとも長《なが》い栗色《くりいろ》の髪《かみ》をポニーテールにしていた。おどろくのはその衣装《いしょう》で、まったく見《み》かけたことのない不思議《ふしぎ》なかっこうをしている。前《まえ》にノアがすすめてくれたコミックに出《で》ていた主人公《しゅじんこう》の忍者《にんじゃ》のようだ。

女忍者《おんなにんじゃ》、くのいち。つい最近《さいきん》、昔《むかし》のコミックで見《み》た。

今《いま》じゃ、コスプレと日光江戸村《にっこうえどむら》でしかお目《め》にかかれない。ノアはそう言《い》ってたけれど。

「残念《ざんねん》ながら、あなたをお助《たす》けしたわけじゃありません。」

わたしを担《かつ》いでいないほうの女《おんな》の子《こ》が、雨風《あめかぜ》に負《ま》けないような大声《おおごえ》で言《い》った。

「あの男《おとこ》が何《なに》をするかわからなかったのです。よけいなことをしてもらっては困《こま》るので、とりあえず、その場《ば》からお連《つ》れしただけです。」

わたしを担《かつ》いでいる女《おんな》の子《こ》が言《い》った。声《こえ》もまったく同《おな》じ。本当《ほんとう》の双子《ふたご》なんだわ。

「わたしたちがアパート前《まえ》で見張《みは》っていたら、あの男《おとこ》といっしょに帰《かえ》ってきたあなたが連《つ》れ去《さ》られたので、あとをつけたのです。」

「わたしをどうしようというの？」

河川敷《かせんしき》に出《で》た。台風《たいふう》並《な》みの嵐《あらし》とあって、誰《だれ》もいない。

川《かわ》の水《みず》は増水《ぞうすい》して、いまにも氾濫《はんらん》しそうな勢《いきお》いだ。

泥《どろ》の色《いろ》をした濁流《だくりゅう》を見《み》て、察《さっ》した。

この人《ひと》たちは……。

何《なに》をしようとしているのか、わかった。わかりたくなかった。

「もしかして、あなたたちは。」

「お察《さっ》しですか。ルーナ姫《ひめ》。」

やっぱり……！　わたしをルーナと知《し》っているということは……。

「あなたたちは、ピューマの手先《てさき》ね！」

逃《のが》れようと足《あし》をバタバタしたけれど、女《おんな》の子《こ》の腕《うで》はびくともしない。

「おそれながら、ルーナ姫《ひめ》。わたしたちといっしょにこの川《かわ》に入《はい》っていただきたく存《ぞん》じます。」

その言葉《ことば》と同時《どうじ》に、土手《どて》を走《はし》り、
ドッシャーン！

川《かわ》のなかに落《お》ちた！

いっしょに飛《と》びこんだはずの双子《ふたご》の姿《すがた》が、なぜか見《み》えない。

ぶくぶく……。いったんは沈《しず》んだものの、すぐに浮《う》かび上《あ》がる。

あのとき、川《かわ》にはまって以来《いらい》、わたしは記憶《きおく》を取《と》りもどし、同時《どうじ》に泳《およ》ぐこと、水《みず》のなかで呼吸《こきゅう》することを思《おも》いだした。

不思議《ふしぎ》なもので、思《おも》いだせないうちは泳《およ》げなかった。どう呼吸《こきゅう》してよいかわからなかった。あのとき川《かわ》に沈《しず》んだ一瞬《いっしゅん》、パニックになりそうだった。

だけど、思《おも》いだしたとたん、勝手《かって》に体《からだ》が反応《はんのう》した。

ところが、この川《かわ》の勢《いきお》いは想像《そうぞう》以上《いじょう》だった。しかもおどろくほど冷《つめ》たい。冬《ふゆ》の川《かわ》なのだから当然《とうぜん》だ。体《からだ》は急速《きゅうそく》に冷《ひ》え、手足《てあし》がしびれるほどこごえると泳《およ》げなくなり、流《なが》されていく。

すると、水中《すいちゅう》のどこからかわたしの様子《ようす》を見《み》ていたのか、いきなり双子《ふたご》が現《あらわ》れて、ふたりがかりでわたしをふたたび川底《かわぞこ》に沈《しず》めようとした。

「や、やめて！」

口《くち》のなかに川《かわ》の水《みず》が入《はい》ってくる。泥水《どろみず》にむせながらも、足《あし》をけりあげる。双子《ふたご》のひとりのお腹《なか》に命中《めいちゅう》したようで、「ううっ。」とうめき声《ごえ》がもれた。

一瞬《いっしゅん》、放《はな》した手《て》を抜《ぬ》けて、そのまま下流《かりゅう》に流《なが》されていく。

……と、爆音《ばくおん》がした。見《み》ると、橋《はし》げたが崩《くず》れていく。

あの残骸《ざんがい》に当《あ》たったらひとたまりもない！

そう思《おも》った矢先《やさき》だ。

橋《はし》の一部《いちぶ》だった鉄骨《てっこつ》が、双子《ふたご》のひとりをおそった。

「危《あぶ》ないっ！」

女《おんな》の子《こ》は気《き》づいてかわそうとしたけれど、遅《おそ》かった。頭《あたま》を打《う》ったようだ。気《き》を失《うしな》い、流《なが》されていく。

双子《ふたご》のもうひとりが何《なに》かさけんだ。轟音《ごうおん》で聞《き》き取《と》れない。

「早《はや》く！　彼女《かのじょ》を助《たす》けるのよ。」

さけんだ。わたし自身《じしん》も命《いのち》の危険《きけん》を感《かん》じていた。流《なが》されながら、それでも必死《ひっし》で失神《しっしん》した女《おんな》の子《こ》の体《からだ》をつかみ、支《ささ》えた。もうひとりの双子《ふたご》も、反対側《はんたいがわ》から女《おんな》の子《こ》の体《からだ》を抱《だ》いている。

「あっちの岸《きし》に向《む》かって、泳《およ》ぎ……ましょう。」

口《くち》を開《ひら》くたびに泥水《どろみず》が容赦《ようしゃ》なく口内《こうない》に入《はい》ってくる。涙《なみだ》が出《で》てくる。雨《あめ》と川《かわ》の水《みず》が目《め》に入《はい》り、視界《しかい》も霞《かす》む。それでもどうにかふたりで女《おんな》の子《こ》を支《ささ》えながら夢中《むちゅう》で泳《およ》ぎきり、岸《きし》にあがった。

とたんに泥水《どろみず》を吐《は》きだす。胃《い》のなかがからっぽになるまで吐《は》いた。立《た》ち上《あ》がることもできず、そのまま岸《きし》に倒《たお》れこむ。歯《は》の根《ね》が合《あ》わない。寒《さむ》くて冷《つめ》たくて体《からだ》のふるえが止《と》まらない。

けれど、すぐに、合羽《かっぱ》を着《き》たおじさんがこちらに走《はし》ってくるのが見《み》えた。

「おい！　どうした、大丈夫《だいじょうぶ》か！　今《いま》、救急車《きゅうきゅうしゃ》を呼《よ》んだからな。しっかりしろ！」

「わたしは……なんとか。それより、女《おんな》の子《こ》が。……流《なが》された橋《はし》げたの残骸《ざんがい》に……頭《あたま》を打《う》ちつけて……。」

もうひとりの女《おんな》の子《こ》はすすり泣《な》いている。

「たいへんだ。頭《あたま》から出血《しゅっけつ》してる。あんたの姉妹《しまい》か。そうか、わかった。おじさんが付《つ》き添《そ》うから心配《しんぱい》するな。きっと助《たす》かるから、泣《な》くな。」

遠《とお》くから救急車《きゅうきゅうしゃ》のサイレンが聞《き》こえ、そこでわたしの意識《いしき》がとぎれた。

7 ピューマの船《ふね》

~海《かい》の章《しょう》~

朝早《あさはや》く、ピューマの船《ふね》は出航《しゅっこう》する。

エンジェル島《とう》でいちばん立派《りっぱ》な船《ふね》だ。貨物船《かもつせん》として利用《りよう》されることもあったようだが、ふだんはほとんど使《つか》われることがなかったらしい。

その大型船《おおがたせん》にピューマが乗《の》るという情報《じょうほう》を得《え》た……というより、秘密裏《ひみつり》にことを進《すす》められなかったのだろう。大《おお》きな船《ふね》を出《だ》すとなると、大《おお》がかりだからだ。

ピューマの魂胆《こんたん》はわかっていた。

行《い》き先《さき》は日本《にっぽん》だ。目的《もくてき》はルーナを殺《ころ》すこと。

ソレイユ姫《ひめ》の部屋《へや》で見《み》たピューマの執念《しゅうねん》。あの執念《しゅうねん》でルーナを殺《ころ》すつもりだろう。

この船《ふね》に乗《の》れば、日本《にっぽん》に帰《かえ》れる。逆《ぎゃく》に言《い》えば、この船《ふね》を逃《のが》せば、いつ日本《にっぽん》に帰《かえ》れるかわからない。

僕《ぼく》はあせった。なんとしても、それまでにノアをさがし出《だ》さねばならない。

天使《てんし》の丘《おか》に行《い》っている時間《じかん》はない。さて、どうしたらよいだろうか。

僕《ぼく》は掃除係《そうじがかり》になりすまして、乗船《じょうせん》することができた。

つけひげをつけ、バンダナを目深《まぶか》にかぶる。メガネをかけたいところだが、メガネをかけている島《しま》の民《たみ》などいないので、かえって目立《めだ》ってしまう。

とりあえず、目《め》をかくすことは断念《だんねん》したが、大勢《おおぜい》の乗組員《のりくみいん》にまぎれていれば、目立《めだ》たないだろう。

問題《もんだい》はノアだった。

じつは、あのあと、人魚《にんぎょ》の女《おんな》の子《こ》が無事《ぶじ》、ノアを連《つ》れてきてくれた。

人魚《にんぎょ》の女《おんな》の子《こ》から聞《き》いた話《はなし》では、「プーさん」という長老《ちょうろう》がノアをこっそり港《みなと》に連《つ》れていくよう言《い》ってくれたらしい。いったい「プーさん」とは何者《なにもの》だろうか。ノアは信用《しんよう》しているようだったが。

おたがいの無事《ぶじ》を喜《よろこ》びながらも、その喜《よろこ》びに浸《ひた》っている間《ま》などなかった。

ノアをどうやってこの船《ふね》に乗《の》せようか。

考《かんが》えている僕《ぼく》の目《め》に、あるものが飛《と》びこんできた。

「よし！　ノア……。」

ノアに耳打《みみう》ちすると、ノアはいやそうな顔《かお》をした。口《くち》をへの字《じ》に曲《ま》げて泣《な》きそうだ。きっと今《いま》までのノアなら、頑固《がんこ》に首《くび》をふって「絶対《ぜったい》いや。」と譲《ゆず》らなかっただろう。

けれど、ノアはとうとう、「いや。」という一言《ひとこと》を言《い》わずに、素直《すなお》に従《したが》った。

ノア……ずいぶん、変《か》わったな。成長《せいちょう》したと感《かん》じて、こんなときだというのに、じんときてしまった。

そうして、無事《ぶじ》、ふたりとも乗船《じょうせん》することができた。

さっそく、ピューマの動向《どうこう》をさぐるために、船内《せんない》の荷物《にもつ》を運《はこ》んだり整理《せいり》しているふりをして、ピューマをさがした。

すぐにみつかった。ピューマは上甲板《じょうかんぱん》の船長室《せんちょうしつ》にいて、船長《せんちょう》と話《はな》していた。

扉《とびら》は開《あ》け放《はな》たれていたから、近《ちか》くを掃除《そうじ》するふりをして、盗《ぬす》み聞《ぎ》く。

ピューマが船長《せんちょう》に言《い》う。

「船長《せんちょう》。おまえは日本《にっぽん》に行《い》ったことがあるのかい？」

船長《せんちょう》は、浅黒《あさぐろ》い肌《はだ》の年寄《としよ》りだった。しかし、目《め》つきがするどく頭《あたま》が切《き》れそうな風貌《ふうぼう》をしている。

「はい。遠《とお》い昔《むかし》に一度《ど》だけ。しかし、日本《にっぽん》といっても沖縄《おきなわ》のはなれ小島《こじま》でしたが。」

「日本人《にほんじん》と話《はな》したことは？」

「ありますが、大《たい》した話《はなし》じゃありません。たしか、魚《さかな》や食《た》べ物《もの》の話《はなし》、そんな程度《ていど》のものでした。」

「そうか。では、日本人《にほんじん》が人魚《にんぎょ》についてどう思《おも》っているかなど、わからないだろうね。」

「わかりません。しかし、人魚《にんぎょ》が存在《そんざい》していることなど、考《かんが》えたこともないでしょう。」

「そうだろうね。人魚《にんぎょ》は伝説《でんせつ》の存在《そんざい》。それでいい。」

船長《せんちょう》は「しかし。」とつぶやいた。

「もしルーナ姫《ひめ》が日本《にっぽん》で生《い》きていれば、エンジェル島《とう》のことを他人《ひと》に話《はな》しているかもしれませんね。」

「そ、そんなことをしたら一大事《いちだいじ》ではないか！」

ピューマはあわてたようにさけんだ。

「しかし、ルーナ姫《ひめ》は聡明《そうめい》な方《かた》でいらっしゃいますから、むやみに話《はな》すこともないでしょうが。」

船長《せんちょう》はそう言《い》い、ピューマは微妙《びみょう》な顔《かお》をした。ルーナが話《はな》してないだろうことにほっとしたのが半分《はんぶん》、ルーナをほめた船長《せんちょう》に苦々《にがにが》しい気持《きも》ち半分《はんぶん》といったところか。

僕《ぼく》はちょっとからかってやりたい気持《きも》ちになった。

「それもこれも自分《じぶん》のまいた種《たね》だしなあ。弱《よわ》ったなあ。」

わざと大《おお》きな声《こえ》で言《い》ったら、ぎょっとしたような顔《かお》でピューマがこっちを向《む》いた。

「あ。すいません。どうもおいらはひとりごとを大声《おおごえ》で言《い》っちまう癖《くせ》がありやして。失礼《しつれい》しやした～。」

ぺこりと頭《あたま》をさげると、船長《せんちょう》はにやりと笑《わら》い、ピューマはけげんそうにこちらをうかがっている。

「おまえ。どこかで……。」

マズイ。ばれたかもしれない。僕《ぼく》はあわてて、
「へい！　ただいま、行《い》きやす！」
誰《だれ》かに呼《よ》ばれたふりをして、とっとと逃《に》げた。
ちょっとやりすぎたか。まあいい。あれぐらい言《い》ってやりたかったしな。
船室《せんしつ》にもどると、幸《さいわ》いなことにほかの乗組員《のりくみいん》はすべて出《で》はらっていた。
二段《にだん》ベッドの下《した》に入《い》れた麻袋《あさぶくろ》を引《ひ》き出《だ》す。

♪　みんなはいない　おいらひとり　ひとりきり
　ここらでちょっとひとりごと
　袋《ふくろ》に入《はい》って苦《くる》しいだろうね
　けれど　ほんのすこしの辛抱《しんぼう》だ
　日本《にっぽん》に着《つ》くまで　あと七日《なのか》

そのときだ。

バタン！

ドアが開《ひら》いて、ぎょっとした。誰《だれ》かがもどってきたのかとふり向《む》けば、そこに立《た》っていたのは、ピューマだった。その後《うし》ろに手下《てした》を五名従《めいしたが》えている。

「こ、これはピューマさま。い、いったいおいらになんのご用《よう》で？」

あせってまごついてしまった。

「おまえ、今《いま》、妙《みょう》な歌《うた》を歌《うた》っていたね。」

「へ、へい。あれはおいらが勝手《かって》にひとりごとを即興《そっきょう》で歌《うた》ってたもんでして。お耳障《みみざわ》りでございましたか。もうやめますんで。」

ピューマはぎろりと僕《ぼく》をにらんだ。

「そうじゃあるまい。歌《うた》にかこつけて、その袋《ふくろ》に話《はな》しかけているようだったが。」

「こ、これはおいらの荷物《にもつ》でして。」

「そうかい。それはそうと、おまえはさっき、船長室《せんちょうしつ》の前《まえ》にいた者《もの》だね。大《おお》きな声《こえ》でひとりごとを言《い》っていた。おまえ……どっかで見覚《みおぼ》えのあるような顔《かお》をしているが。」

「そ、そんな、おいらのような下《した》っ端《ぱ》がピューマさまにお目《め》にかかる機会《きかい》はそうそうないわけでして。し、しかし、以前《いぜん》から、ピューマさまの部下《ぶか》のみなさまのお手伝《てつだ》いをちょくちょくさせていただいたもんでして。だからもしかしたら、そのときにお目《め》にかかっているやも。」

「ふうん。そうかねえ。」

ピューマはまだ、僕《ぼく》をうさんくさそうににらんでいる。やっぱり、僕《ぼく》のことを気《き》づいているのだろうか。早《はや》く船室《せんしつ》を出《で》ていってほしい。

「その袋《ふくろ》。」

まだ、麻袋《あさぶくろ》のことを言《い》ってる。僕《ぼく》はいよいよあせった。

「まさか、人間《にんげん》が入《はい》っているのじゃあるまいね。」

「ととと、とんでもねえことで……あっ！」

ピューマは手下《てした》に目配《めくば》せをし、手下《てした》は持《も》っていた剣《けん》を勢《いきお》いよく麻袋《あさぶくろ》に突《つ》き立《た》てた。

ブスリ！

「な、なにをする！」

刺《さ》されたするどい切《き》れ目《め》からは、たらりと赤《あか》いものがしたたり落《お》ちている。

「なんてことをしてくれたんだ！」

さけんでいる僕《ぼく》を見《み》て、

「ほっほほ……。」

ピューマは笑《わら》うと、麻袋《あさぶくろ》をガサッと開《あ》けた。

とたんに、ごろりごろごろと、真《ま》っ赤《か》な完熟《かんじゅく》トマトがこぼれ落《お》ちる。

「ピューマさま……。これはトマトでございます。」

手下《てした》がなぜか申《もう》し訳《わけ》なさそうに言《い》う。

「み、見《み》ればわかる！　おまえが、さも、もったいぶってこの麻袋《あさぶくろ》をかくそうとするから！」

「いや、おいらは完熟《かんじゅく》トマトが大《だい》の好物《こうぶつ》でして。大量《たいりょう》に持《も》ちこんでしまったわけでして。ピューマさまといえども、トマトをよこせと言《い》われたら、辛《つら》いなあ……と。」

「うぬぬ……。」

ピューマは言葉《ことば》にならないうめき声《ごえ》を出《だ》すと、「おまえたち！」とさけんだ。

「この部屋《へや》をくまなくさがすのじゃ。どうもこいつはうさんくさすぎる。何《なに》かかくしてい

るにちがいない。」

「ピューマさま。いったい、何《なに》をさがすのでしょう?」

手下《てした》どもが首《くび》をかしげる。

「な、なんでもよい! あ、あやしいものじゃ。何《なに》かあやしげなものがあったら、すべて差《さ》し出《だ》すのじゃ!」

ピューマの命令《めいれい》のもと、せまい船室《せんしつ》のなか、手下《てした》の五人《にん》はたがいに大《おお》きなおしりをぶつけながら、「何《なに》かあやしげなもの」をさがしまわった。

しかしほとんどもののない部屋《へや》。あっという間《ま》にすべての品《しな》をさらいだした。

「ピューマさま。ほかの船員《せんいん》の荷物《にもつ》も残《のこ》らず調《しら》べましたが、出《で》てきたものは以上《いじょう》のものです。シャツ十五枚《まい》、パンツ二十一枚《まい》、ハンカチ五枚《まい》、くつした十八組《くみ》、望遠鏡《ぼうえんきょう》三本《ぼん》、歯《は》ブラシ六本《ぽん》、ボールペン七本《ほん》、ノート四冊《さつ》、タバコ……。」

「もうよい! すべて報告《ほうこく》しろとは言《い》っていない。あやしげなものはなかったのか聞《き》いているのだ。」

「あやしげといえば、このパンツの柄《がら》はブタだかイノシシだかわかりません。」

「このくつしたも五本指《ほんゆび》に分《わ》かれてます。すべての指《ゆび》が色《いろ》ちがいです。妙《みょう》です。」

「おまえたちっ！」

ピューマは杖《つえ》をふり回《まわ》した。

「バカものどもが！　さっさと行《い》くぞ。とんだ時間《じかん》をつぶしてしまったよ。」

部屋《へや》を荒《あ》らすだけ荒《あ》らして、ピューマは一言《ひとこと》も謝《あやま》りもせずに、手下《てした》どもと船室《せんしつ》を出《で》ていった。

「やれやれ。」

足音《あしおと》が十分《じゅうぶん》遠《とお》ざかるのを聞《き》いて、船室《せんしつ》の窓《まど》の下《した》を見《み》る。

ロープが下《さ》がり、その先《さき》に麻袋《あさぶくろ》が結《ゆ》わえてある。麻袋《あさぶくろ》は小《ちい》さくゆれていた。

「ブランコはさぞ苦《くる》しかっただろうな。ごめんよ。今《いま》、引《ひ》き上《あ》げてやるからな。」

～ノアの章《しょう》～

「ノア、苦《くる》しかっただろう、早《はや》く出《で》るんだ。」

兄《あに》の言葉《ことば》と同時《どうじ》に、麻袋《あさぶくろ》のひもがほどける。

あたしは、ぷはーっと口《くち》を大《おお》きく開《あ》けて、酸素《さんそ》を取《と》りこんだ。

「ああ、苦《くる》しかったー。でも、ピューマにはみつからなかったよね。海《かい》にいさまのアイデアのおかげだよ。」

「ああ、よかった。しかし、まだまだ安心《あんしん》はできない。別《べつ》のこっちの袋《ふくろ》に移《うつ》るんだ。」

「ええっ、また袋《ふくろ》のなかに入《はい》るのー？」

けれど、いやとは言《い》えなかった。苦《くる》しいけれど、生《い》きて日本《にっぽん》に帰《かえ》らなくちゃいけない。そのためならどんなことでも耐《た》えるってちかったから。

兄《あに》がひもを固《かた》くしばりあげて、ずずっと移動《いどう》させた、その直後《ちょくご》だ。

バタン！

勢《いきお》いよくドアが開《ひら》く音《おと》がした。

「ピ、ピューマさま！」

また、ピューマがもどってきたんだ。

「ど、どうされたんです？」

「まだ、調《しら》べていない袋《ふくろ》があった。」

「さ、さっき、すべて調《しら》べたではないですか。」

「シラを切《き》るんじゃない。たしかに視界《しかい》のすみに入《はい》っていたのに、見逃《みのが》していた、そこだ！」

ピューマの足音《あしおと》が窓《まど》のほうへと近《ちか》づくのが聞《き》こえる。

「思《おも》ったとおりだ。このロープの先《さき》の麻袋《あさぶくろ》。これを見落《みお》としていた。」

バンッ！

破裂音《はれつおん》がして体《からだ》がびくりとふるえた。あれは、ピストルの音《おと》？

続《つづ》けて、バンッ、バンッ、バンッと三発《ぱつ》。

「きいっ！」

奇妙《きみょう》な声《こえ》がした。ピューマがヒステリックにさけんだ声《こえ》だ。

「これもトマトかっ！」

そう言《い》うと、バタバタバタと異常《いじょう》に大《おお》きな足音《あしおと》を立《た》てて、船室《せんしつ》から出《で》ていった。

「……ノア、もう大丈夫《だいじょうぶ》だよ。あれだけ徹底的《てっていてき》に調《しら》べたのだから、さすがにもうあきらめただろう。」

袋《ふくろ》の外《そと》から兄《あに》が言《い》う。

「ピューマのカンには参《まい》った。あの歌《うた》を聞《き》かれたこともまずかったけどね。」

「海《かい》にいさまのあの歌《うた》は、あたしでもひどいと思《おも》ったよ。」

「そうかあ？　僕《ぼく》に欠《か》けているものがあるなら、それは音楽《おんがく》の才能《さいのう》だなあ。」

「相変《あいか》わらずのナルシストだよね。」

「だからこそ、ルーナの歌声《うたごえ》には感激《かんげき》したんだよなあ。渡辺《わたなべ》が録音《ろくおん》していたものを聴《き》いたが、あの歌声《うたごえ》は本当《ほんとう》にすばらしかった。ぜひ生《なま》で聴《き》いてみたいと思《おも》っていたが……。」

「あたし、まだルーナの歌《うた》を聴《き》いたことないんだ。楓《かえで》も樹里《じゅり》も学校《がっこう》のみんなは聴《き》いてるのに。すごく上手《じょうず》で、まるで天使《てんし》の歌声《うたごえ》だったって。」

つい口《くち》をすべらせると、兄《あに》が「なんだって？」といぶかしげにたずねる。

兄《あに》には、ルーナと入《い》れ替《か》わったことを言《い》ってなかった。

「海《かい》にいさま。あたしね。じつは……。」

あたしは今《いま》までのことを、包《つつ》みかくさず兄《あに》に打《う》ち明《あ》けた。あたしになり替《か》わってもらって、ルーナが学校《がっこう》に通《かよ》ったこと。

「そんなことをしていたのか。けれど、僕《ぼく》にはおまえをしかる資格《しかく》がない。ただの甘《あま》ったれでわがままだと言《い》うことは簡単《かんたん》だ。しかし、父《とう》さんや母《かあ》さんがノアをちゃんと見《み》ていなかった。そのことを知《し》っていながら、何《なに》もできなかったんだから。」

「ちがうよ。海《かい》にいさま。海《かい》にいさまのせいじゃない。やっぱり、あたしがわがままで自《じ》分勝手《ぶんかって》だったんだ。ようやくわかったよ。それはルーナのおかげ。ルーナは記憶《きおく》もなくしているし、自分《じぶん》の親《おや》がどこにいるかさえわからないんだよ。しかもたぶん、ルーナの親《おや》は……。ルーナは、あたしよりずっとたいへんだし、悲《かな》しい思《おも》いをしてた。なのに、すごく優《やさ》しいんだよ。いつだって自分《じぶん》のことよりあたしのことを考《かんが》えてくれてた。そんなルーナを見《み》てたら、なんか恥《は》ずかしくなっちゃって。でも、それを認《みと》めたくなかった。」

「そうか……。しかし、ルーナのことを思《おも》うとな……。記憶《きおく》がもどったところで……辛《つら》いな。」

「うん……。海《かい》にいさま。あたし、無事《ぶじ》、日本《にっぽん》に帰《かえ》ったら、今度《こんど》こそルーナを大切《たいせつ》にする。ルーナを守《まも》るんだ。あのピューマから守《まも》るよ。」

「ああ。僕《ぼく》もだ。ルーナをもうひとりの妹《いもうと》だと思《おも》って大切《たいせつ》にする……。ルーナのお姉《ねえ》さんのソレイユ姫《ひめ》の分《ぶん》まで。彼女《かのじょ》の分《ぶん》まで……。」

「海《かい》にいさま……。あの……。」

「なんだ？」

「ううん。ごめん。なんでもない。」

言《い》いかけて、やっぱり言《い》えなかった。海《かい》にいさまはソレイユ姫《ひめ》が好《す》きなの？って。今《いま》の兄《あに》の表情《ひょうじょう》で気《き》づいた。妹《いもうと》ならではのカンかもしれない。恋愛《れんあい》なんて、今《いま》のあたしにはよくわからないけれど。

兄《あに》は、ソレイユ姫《ひめ》と別《わか》れるのは辛《つら》かっただろうな、悲《かな》しかっただろうな。

「日本《にっぽん》に着《つ》くまで、がんばるんだぞ。袋《ふくろ》に入《はい》ったまま寝《ね》るのは苦《くる》しいだろうけど、ほら、ここに枕《まくら》をしいてやろう。」

「海《かい》にいさま、そっちは頭《あたま》じゃなくて足《あし》だってば。」

早《はや》く、日本《にっぽん》に着《つ》きますように。

ところが――。

うとうとしかけたとたん、バタン！　と激《はげ》しくドアが開《ひら》く音《おと》がして、

「起《お》きろ！　起《お》きるんだ！」

がなりたてる男《おとこ》の人《ひと》たちの声《こえ》がした。

「いきなり、なんです。何《なに》かあったんですか？」

兄《あに》もおどろいたのだろう。いつもの口調《くちょう》にもどってしまっている。

「なんでもいい。すぐにわかるだろう。ピューマさまが上甲板《じょうかんぱん》に来《こ》いと仰《おお》せだ。」

「ピューマさまが？　わかりやした。すぐに。」

「おい。」

「なんでしょう。」

「荷物《にもつ》もまとめて持《も》っていくんだ。」

「荷物《にもつ》も？　それはなんで……。」

「いいから、言《い》われたとおりにしろ！」

ずるずる……と麻袋《あさぶくろ》を引《ひ》きずる音《おと》がする。兄《あに》が着替《きが》えと雑貨《ざっか》を入《い》れた麻袋《あさぶくろ》を持《も》ったのだ

ろう。それから、しばらく間《ま》があって、あたしが入《はい》っている袋《ふくろ》がひょいと持《も》ち上《あ》げられた。

一瞬《いっしゅん》、ピューマの手下《てした》にみつかって引《ひ》き上《あ》げられたと思《おも》ってあせった。

「なんだって、そんなに荷物《にもつ》が多《おお》いんだ。」

「こっちはさっきのトマトでさあ。おいら、トマトがないと生《い》きていけないもんで。」

あたしは袋《ふくろ》のなかでドキドキしていた。また、いきなり剣《けん》でも突《つ》き立《た》てられたら、今度《こんど》こそ終《お》わりだ。けれど、

「まぬけだな。」

「生《い》きていけないとはな。どっちにしろ死《し》ぬ運命《うんめい》だっていうのにさ。」

手下《てした》どもはひそひそと言《い》い合《あ》うと、あははと爆笑《ばくしょう》している。

兄《あに》は何《なに》も言《い》わずにあたしの入《はい》った袋《ふくろ》を抱《かか》えなおすと、歩《ある》いていった。

「おほほほほほ。」

何度《なんど》聞《き》いてもいやな笑《わら》い方《かた》。

漫画《まんが》みたいに「おほほほほ。」と笑《わら》う人《ひと》はめずらしい。ピューマでなければ、いっしょに笑《わら》っていたかもしれない。

「そなた、筏《いかだ》には乗《の》ったことがあるか？」

「筏《いかだ》ですって。……まさか、ここからおいらを筏《いかだ》に乗《の》せるつもりじゃ……。」

「なぜ、まさかと思《おも》うのかい？　おまえはあやしすぎる。同《おな》じ船《ふね》に乗《の》せておくには危険《きけん》だからね。海《うみ》に放《ほう》りこまれないだけマシだと感謝《かんしゃ》してほしいものだよ。」

「ひどいことをする……。」

あたしも袋《ふくろ》のなかで、もうダメ……と絶望的《ぜつぼうてき》な気持《きも》ちになった。けれど、兄《あに》が抵抗《ていこう》しないのは、すべてあたしのせいだと思《おも》った。あたしがいるからだ。袋《ふくろ》のなかを調《しら》べられたら終《お》わり。

だから、兄《あに》は素直《すなお》に従《したが》った。船体《せんたい》につけた筏《いかだ》に降《お》りていくのだろうか、ゆらゆらと体《からだ》がゆれる。

もう、筏《いかだ》に乗《の》ったのかもしれない。

「おほほ。海《うみ》の上《うえ》で飢《う》えて死《し》ぬか。サメの餌《えさ》になるか。いずれにしても、生《い》きてはいけなおまえの正体《しょうたい》などお見通《みとお》しだったよ。おまえはあたくしをずっとだましとおせると思《おも》っていたのかい？　おまえはあたくしの邪魔《じゃま》ばかりする日本人《にほんじん》の男《おとこ》だろう。うまく変装《へんそう》しているつもりかもしれないがね。すぐに殺《ころ》されないだけ、ありがたいと思《おも》うがいい！」

憎《にく》たらしいピューマの声《こえ》がどんどん遠《とお》ざかる。

「くそっ！」

きたない言葉《ことば》なんてめったに使《つか》わない兄《あに》が、吐《は》き捨《す》てるように言《い》った。

「なんてやつだ！」

それから、袋《ふくろ》のひもをほどいてくれた。

「ノア、たいへんなことになったよ。」

まぶしい！　思《おも》わず目《め》をつぶる。頭上《ずじょう》にはぎらぎらの太陽《たいよう》。いつの間《ま》にかお昼《ひる》になっていたんだ。

「うん。船《ふね》を追《お》い出《だ》されちゃったね。ピューマにバレてたなんて。」

「少々甘《しょうしょうあま》くみていた。」

「海《かい》にいさま、これからどうしよう。こんなたよりない筏《いかだ》、大波《おおなみ》が来《き》たらすぐに転覆《てんぷく》しちゃう。筏《いかだ》っていうより、ただの板切《いたき》れだよ。それに、この太陽《たいよう》……。大波《おおなみ》が来《く》る前《まえ》に、あたしたち干《ひ》からびちゃいそう。」

まわりはただ海原《うなばら》が広《ひろ》がっているだけ。海《うみ》と空《そら》とそれだけ。島影《しまかげ》なんて見《み》えない。泳《およ》げないあたしにとっては、空《そら》に放《ほう》り出《だ》されたよりも恐怖《きょうふ》だ。それに水平線《すいへいせん》を見《み》ているだけで、酔《よ》ってしまいそうだった。

「海《かい》にいさま、漕《こ》ごうよ。ふたりで力《ちから》いっぱい漕《こ》げば、きっと、早《はや》く日本《にっぽん》に着《つ》くよ！」

兄《あに》は頭《あたま》を抱《かか》えこんだ。

「ノア……ここは海《うみ》のど真《ま》ん中《なか》だ。そのへんの池《いけ》や湖《みずうみ》じゃないんだよ。」

「ねえ、きっとこっちの方角《ほうがく》が日本《にっぽん》だと思《おも》う。だって、日本《にっぽん》のにおいがするもん。」

あたしは顔《かお》をあげて、風《かぜ》に向《む》かって鼻《はな》をすんすんした。もちろん、においなんてしない。するのは潮《しお》の香《かお》りだけ。

兄《あに》も顔《かお》をあげた。

「夜《よる》になって星《ほし》を見《み》れば、方角《ほうがく》がわかるな。そうだ、ノア、服《ふく》を脱《ぬ》げ。」

いきなり言《い》われて、「やだよー!」と胸《むね》を押《お》さえた。

たとえ兄《あに》だって、裸《はだか》を見《み》られたら恥《は》ずかしい。お風呂《ふろ》だって、とっくにいっしょに入《はい》ってないし。あれは……二年生《ねんせい》までだったかな。それとも三年生《ねんせい》までだったかな。とにかく胸《むね》がぺったんこのときまで。あたしだって、一応《いちおう》、それなりに……。

「早《はや》くしろ。下着《したぎ》はそのままでいいから。」

「やだよー。絶対《ぜったい》ヤダ!」

でも、せまい筏《いかだ》の上《うえ》、兄《あに》はささっとあたしのよごれた制服《せいふく》を脱《ぬ》がせてしまった。下《した》に体操服《たいそうふく》を着《き》ていてよかったけど。

「ひどいよ。あたしだって女《おんな》の子《こ》なのに。」

「当《あ》たり前《まえ》だよ。誰《だれ》も男《おとこ》だって思《おも》ってないぞ。」

兄《あに》はあたしの顔《かお》も見《み》ずに、黙々《もくもく》と筏《いかだ》から一枚《まい》だけ板《いた》をはがすと、それに自分《じぶん》の脱《ぬ》いだ服《ふく》とあたしの服《ふく》を結《むす》んだ。

「こうすれば、帆《ほ》の代《か》わりになるし、船《ふね》が来《く》れば遠《とお》くからでも見《み》えるだろう。」

兄《あに》の言《い》うとおり、服《ふく》は風《かぜ》をはらんでふくらんだ。すいーっと筏《いかだ》が進《すす》む。

少《すこ》し安心《あんしん》したとたん、今度《こんど》は喉《のど》がかわいて仕方《しかた》ないことに気《き》づく。

「海《かい》にいさま。あたし、喉《のど》がカラカラ。あとどれくらいこのままなのかな。」

「神《かみ》に祈《いの》るしかないなあ。ノア、カトリックの学校《がっこう》に通《かよ》ってるんだから、お祈《いの》りの仕方《しかた》くらい知《し》ってるだろう。教《おし》えてくれよ。」

「天《てん》におられるわたしたちの父《ちち》よ、御名《みな》が聖《せい》とされますように……。」

手《て》を組《く》み、祈《いの》りの言葉《ことば》を唱《とな》えたとたん、ほんの少《すこ》しだけ、心《こころ》が静《しず》かになった。

「……わたしたちの罪《つみ》をおゆるしください。わたしたちも人《ひと》をゆるします。」

あたしは何《なに》か悪《わる》いことをしたのかな。

けれど、たしかに、今《いま》までの行《おこな》いは決《けっ》して清《きよ》く正《ただ》しく美《うつく》しく、神《かみ》さまにちかっていっさいくもりのない行動《こうどう》だったかと問《と》われれば、胸《むね》を張《は》れない。だからといって、あたしたちをこんな目《め》にあわせたピューマをゆるさなくちゃいけないの？　神《かみ》さま。

兄《あに》は、アーメン、のあとに「神《かみ》さま仏《ほとけ》さま、大日如来《だいにちにょらい》さま、八百万《やおよろず》の神《かみ》さま。」と、とんでもない文言《もんごん》を勝手《かって》に添《そ》えてしまった。

8 双子《ふたご》のフラムとラルム

~ルーナの章《しょう》~

「ノア。」

その声《こえ》にまぶたをあけると、白《しろ》い天井《てんじょう》が目《め》に入《はい》った。目《め》に直接光《ちょくせつひかり》が入《はい》らないよう、蛍光灯《けいこうとう》には反射板《はんしゃばん》がついている。消毒液《しょうどくえき》のにおい。閉《し》められた窓《まど》にはクリーム色《いろ》のカーテン。

「ノア、目《め》を覚《さ》ましたのね!」

わたしの顔《かお》をのぞきこんで泣《な》いているのは、……ママだった。

思《おも》いだした。わたしは川《かわ》で流《なが》されておぼれかけたんだわ。

「よかった! どうして、あんなところにいたのよ! 真冬《まふゆ》の川《かわ》に飛《と》びこんだりして、肺炎《はいえん》を起《お》こしかけていたのよ。でも……本当《ほんとう》に無事《ぶじ》でよかった。無事《ぶじ》で。あなたまでいなくなっちゃったら、ママはもう……。」

そう言《い》うと、ママはわたしの手《て》を取《と》って涙《なみだ》をぽろぽろと流《なが》した。いつもきれいにお化粧《けしょう》しているママの顔《かお》は涙《なみだ》でぐちょぐちょになっていた。

「ごめんなさい。ママ。心配《しんぱい》させてしまって。」

さらわれたなんて言《い》ったら、きっとママは気絶《きぜつ》してしまう。とても言《い》えない。

「そうだった！　あの女《おんな》の子《こ》たちは？　ママ、わたしといっしょに助《たす》けてもらったふたりの女《おんな》の子《こ》は無事《ぶじ》よね？」

ピューマの手下《てした》の双子《ふたご》の忍者《にんじゃ》。ひとりが頭《あたま》からひどい出血《しゅっけつ》をしていた。

「ええ。大丈夫《だいじょうぶ》。心配《しんぱい》していた頭《あたま》の傷《きず》も縫《ぬ》うほどではないって。CT《シーティー》の結果《けっか》も異常《いじょう》ないようよ。大《たい》したことなくてよかったわ。あなたが助《たす》けたんですってね。みんな助《たす》かったからよかったけれど、無謀《むぼう》だわ。」

「本当《ほんとう》にごめんなさい。でも、よかった……。」

ほっとした。

「あなたは学生証《がくせいしょう》を持《も》っていたから、すぐにママに連絡《れんらく》がきたけれど、あの子《こ》たちは身許《みもと》を証明《しょうめい》するものを身《み》に着《つ》けていなかったらしくて、どこのお嬢《じょう》さんだかわからないってい

うのよ。さっき、警察《けいさつ》が来《き》ていたわ。」

「警察《けいさつ》……。」

もし、事情《じじょう》を聞《き》かれたらなんて答《こた》えたらいいだろう。困《こま》ってしまった。エンジェル島《とう》からわたしを殺《ころ》しにやってきた忍者《にんじゃ》とは言《い》えない。

考《かんが》えこんでいると、ドアが開《ひら》いて看護師《かんごし》さんが入《はい》ってきた。

「気《き》がついたようね。よかった。どこか痛《いた》んだり、おかしかったりしない？」

言《い》われて初《はじ》めて、ベッドの上《うえ》で手足《てあし》を動《うご》かしてみた。

「どこも痛《いた》くないし、おかしくないです。」

看護師《かんごし》さんは何度《なんど》も小《ちい》さくうなずきながら、笑顔《えがお》で言《い》った。

「よかった。だけど、まだ安静《あんせい》にしていてね。これから先生《せんせい》が来《き》て検査《けんさ》をします。お母《かあ》さま、手続《てつづ》きがあるので、こちらへ。」

ママは返事《へんじ》をすると、「ちょっと行《い》ってくるわね。」と言《い》い、看護師《かんごし》さんのあとについて病室《びょうしつ》を出《で》ていってしまった。

わたしはひとり残《のこ》された。四人部屋《にんべや》だけど、ベッドを使《つか》っているのはわたしひとりだった。ゆっくり上体《じょうたい》を起《お》こしたときだ。

コツコツ……。

物音《ものおと》がした。カーテンが閉《し》められた窓《まど》の向《む》こうだ。

コツコツコツ！

今度《こんど》はさっきより大《おお》きな音《おと》で。誰《だれ》かが外側《そとがわ》から石《いし》でも当《あ》てているような音《おと》だ。

おそるおそるベッドから降《お》りた。スリッパを履《は》くとき、足元《あしもと》が少《すこ》しふらついたけれど大丈夫《だいじょうぶ》。

カーテンを引《ひ》き、窓《まど》を少《すこ》しだけ開《あ》けると……外《そと》は真《ま》っ暗《くら》。嵐《あらし》は過《す》ぎたようだけど、冬《ふゆ》の冷気《れいき》が部屋《へや》へ忍《しの》びこむ。いや、そんなことより……。

「あなたたちは！」

双子《ふたご》の忍者《にんじゃ》が窓《まど》の向《む》こうに立《た》っていた。ここは病院《びょういん》の三階《がい》だった。窓《まど》の向《む》こうはベランダなんてなくて、ふたりは外壁《がいへき》の突起《とっき》のわずか二十センチほどの幅《はば》のところに立《た》っていた。

双子《ふたご》のひとりは頭《あたま》にぐるぐると包帯《ほうたい》が巻《ま》かれている。

あわてて一気《いっき》に窓《まど》を開《あ》ける。

「病室《びょうしつ》を抜《ぬ》け出《だ》してきたの!?」

すると、口《くち》に人差《ひとさ》し指《ゆび》を当《あ》てて、静《しず》かに、と言《い》う。それから、双子《ふたご》は深々《ふかぶか》とお辞儀《じぎ》した。こんな高《たか》いところで壁《かべ》から両手《りょうて》をはなしたら危《あぶ》ないとひやひやする。

「姫《ひめ》さま、助《たす》けていただいてありがとうございました。」

よく見《み》ると、ふたりとも涙《なみだ》ぐんでいた。

「わたしたちは姫《ひめ》さまを殺《ころ》そうとしました。なのに、わたしを助《たす》けてくださるなんて……。なんとお詫《わ》びをしてよいかわかりません。」

包帯《ほうたい》を巻《ま》いたひとりが言《い》うと、もうひとりもうなずいた。

「わたしはフラム。この子《こ》はラルムという名前《なまえ》です。わたしたちはピューマさまから姫《ひめ》さまは、とても悪《わる》い姫《ひめ》だと聞《き》かされていました。タブーを犯《おか》した極悪人《ごくあくにん》だと。エンジェル島《とう》のために殺《ころ》さなくてはいけないと言《い》われて、ずっと信《しん》じていました。」

うなだれるふたりに、わたしは首《くび》を横《よこ》にふった。

「タブーを犯《おか》したのは本当《ほんとう》よ。行《い》ってはいけない天使《てんし》の丘《おか》に登《のぼ》ってしまったの。あそこに

はどんな病《やまい》も治《なお》す湖《みずうみ》があると聞《き》いたの。それでそこの水《みず》をソレイユお姉《ねえ》さまに持《も》っていきたかったのよ。お姉《ねえ》さまの目《め》が治《なお》ると思《おも》って。」

フラムとラルムのふたりはびっくりしたように顔《かお》を見合《みあ》わせた。

「ピューマさまに聞《き》いていた話《はなし》とちがいます。姫《ひめ》さまがエンジェル島《とう》をもっと豊《ゆた》かにするために、湖《みずうみ》の水《みず》をほかの国《くに》の人々《ひとびと》に高《たか》い値段《ねだん》で売《う》りつけようとしていると。」

「そんなことをしたら、ひっそりと暮《く》らしてきた人魚族《にんぎょぞく》の秘密《ひみつ》も知《し》られてしまう。エンジェル島《とう》はおしまいです。」

ふたりは口《くち》をそろえて、「わたしたち、ピューマさまにだまされていたのね。」と眉間《みけん》にしわをよせた。

「わたしたちを利用《りよう》したんです！」

ふたりは複雑《ふくざつ》な表情《ひょうじょう》をしていた。怒《おこ》りたいのに、それもできない。何《なに》か深《ふか》い事情《じじょう》がありそうだ。

「でも、なぜ、ピューマはそれほどまでして、わたしを殺《ころ》したいのかしら。」

「今《いま》にして思《おも》えば、ピューマさまはエンジェル島《とう》を乗《の》っ取《と》りたかったんだと思《おも》います。そのために王族《おうぞく》であるルーナ姫《ひめ》やソレイユ姫《ひめ》がじゃまだったんです。」

フラムは「ああ、バカだったわ、わたしたち。」となげくと、ラルムも言《い》う。

「島《しま》の人々《ひとびと》の尊敬《そんけい》と愛《あい》を一身《いっしん》に受《う》けている姫《ひめ》さまがいては、自分《じぶん》の思《おも》いどおりにならないと思《おも》ったのでしょう。それにピューマさまには秘密《ひみつ》が……。」

ラルムが言《い》いかけたとたん、フラムが「ラルム！」と制止《せいし》した。

「ダメよ。」と厳《きび》しい目《め》をしてラルムに言《い》い、わたしに向《む》き直《なお》って言《い》った。

「わたしたちはピューマさまに育《そだ》ててもらった恩《おん》があります。」

ラルムが続《つづ》けて言《い》う。

「けれど、姫《ひめ》さまも命《いのち》の恩人《おんじん》。もう二度《にど》と姫《ひめ》さまを殺《ころ》そうと企《たくら》むなんてことはしません。それどころか、姫《ひめ》さまをお助《たす》けできるように、ひそかに行動《こうどう》します。だから、このまま言《い》いなりになっているふりをします。」

「ありがとう。でも、ピューマにみつかったらたいへんだわ。」

「隠密行動《おんみつこうどう》ならまかせてください。ただし、いつもいっしょにいるわけにはいきません。ピューマさまにあやしまれないためにも、別行動《べつこうどう》をしたほうがよいでしょう。いざとなれば、お助《たす》けに参《まい》ります。いつでもわたしたちの名前《なまえ》を呼《よ》んでください。」

フラムがそう言《い》ったとき。

バサバサッ！

羽音《はおと》がしたと思《おも》ったら、シュシュがフラムの頭《あたま》の上《うえ》にとまり、くちばしでつついている。

「シュシュ！　やめて！」

同時《どうじ》に屋上《おくじょう》から飛《と》び降《お》りてきたブランが、ラルムの顔《かお》をひっかいた。

「ブラン！　いけないわ！　ふたりともダメよ。このふたりは知《し》らなかったの。もう友達《ともだち》になったのよ。」

シュシュとブランはぴたりと行動《こうどう》をとめて、首《くび》をかしげている。

「ふたりともわたしを心配《しんぱい》してくれたのね。こっちにおいで。」

腕《うで》を出《だ》すと、ブランがぶらさがり、肩《かた》にシュシュが止《と》まった。

「フラム、ラルム、ごめんなさい。この子《こ》たちはシュシュとブランといって、エンジェル島《とう》にいるときからのわたしの仲間《なかま》なの。」

フラムは乱《みだ》れた髪《かみ》を直《なお》し、ラルムはひっかかれたあとをさすっている。

「か、かわいいですね。でも、これからはお手《て》やわらかにお願《ねが》いしますね。」

「わたしたちはピューマさまに報告《ほうこく》する義務《ぎむ》があります。うその報告《ほうこく》をしますが、カンのいいピューマさまのこと。きっと疑《うたが》って自《みずか》ら、日本《にっぽん》に来《こ》られるかもしれません。いいえ……もしかしたら、すでにこっちに向《む》かっているかもしれません。」

わたしもそうかもしれないと思《おも》った。ピューマならわたしがたしかに殺《ころ》されたか、自分《じぶん》の目《め》で確《たし》かめるだろう。殺《ころ》される、と考《かんが》えて、はっとなった。

「大事《だいじ》なことを聞《き》くのを忘《わす》れていたわ。なぜ、わたしがここ、日本《にっぽん》にいるとわかったの？　わたしは今《いま》、宋源《そうげん》ノアとして暮《く》らしているわ。だから、あの笹林《ささばやし》さんもノアだと思《おも》ってわたしを誘拐《ゆうかい》した。なのに、あなたたちは最初《さいしょ》からわたしをノアでなくルーナだとわかっていた。……もしかして、いいえ、そうでなければおかしいわ、ピューマはノアとわたしが入《い》れ替《か》わったことを知《し》ってるのね！」

ふたりはうなずいた。

「ノアさんはルーナ姫《ひめ》とまちがえられてエンジェル島《とう》に連《つ》れてこられました。そして生《い》け贄《にえ》にされそうになったのです。」
「なんですって！」
まさか！　そんなことになっていようとは思《おも》ってもみなかった。シュシュの言葉《ことば》から
ピューマの手下《てした》に誘拐《ゆうかい》されたかもしれないとは思《おも》っていたけれど、生《い》け贄《にえ》なんて！
「そ、それでノアはどうなったの！」
「落《お》ち着《つ》いてください、姫《ひめ》さま。今《いま》のところ、ノアさんは無事《ぶじ》です。」
ああ、よかった！　思《おも》わず胸《むね》に手《て》を当《あ》てた。まだ心臓《しんぞう》の鼓動《こどう》が激《はげ》しい。
「ノアさんは生《い》け贄《にえ》にされる前《まえ》に逃《に》げだしたようです。じつは、ノアさんのお兄《にい》さんも
いっしょなんです。」
「海《かい》にいさまも！」
海《かい》にいさままで誘拐《ゆうかい》されているなんて。けれど、生《い》きていた！　海《かい》にいさまは生《い》きてい
たんだ。ママが知《し》ったらどんなに喜《よろこ》ぶことだろう。でも、今《いま》はまだ言《い》えない。それが辛《つら》
かった。
フラムとラルムのふたりは、交代《こうたい》に今《いま》までのいきさつを話《はな》してくれた。

「ピューマさまから伝《つた》え聞《き》いただけなので、くわしい話《はなし》はわかりません。じつは、わたしたちはノアさんとお兄《にい》さんの姿《すがた》を一度《いちど》も見《み》ていないのです。けれど、人魚《にんぎょ》たちのウワサでは無事《ぶじ》でいるということでした。」

とりあえずは無事《ぶじ》でいることだけが救《すく》いだった。ただし、まだ油断《ゆだん》できない。ノアも海《かい》にいさまもエンジェル島《とう》を脱出《だっしゅつ》できるまでは。脱出《だっしゅつ》できたとしても、ここにもどってくるまでは……。

「ありがとう。知《し》ることができてよかったわ。」

ふたりは恭《うやうや》しくお辞儀《じぎ》をすると、「いつでも名前《なまえ》を呼《よ》んでください。」と言《い》って去《さ》った。三階《がい》もの高《たか》さから軽々《かるがる》と木《き》の枝《えだ》に飛《と》び移《うつ》り降《お》りていく様子《ようす》は、ブランみたいで、さすが忍者《にんじゃ》だと感心《かんしん》した。ふたりを見《み》ていたら、思《おも》わずさけんでいた。

「待《ま》って！　もどってきて、フラム、ラルム！」

ふたりは同時《どうじ》に顔《かお》をあげると、「どうされました？　すぐに！」と言《い》って、降《お》りていったときと同《おな》じ速《はや》さで木《き》を登《のぼ》って、窓辺《まどべ》にもどってきてくれた。

「ごめんなさい。あの、ひとつたのみたいことがあるの。」

「なんなりと。」

「ふたりはわたしを守《まも》ると言《い》ってくれたわね？」

「はい。いつでも、どんなときでも。お助《たす》けに参《まい》ります。」

「ありがとう。でも、わたしは大丈夫《だいじょうぶ》。この子《こ》たち、ブランとシュシュもいるから。だから、どうかノアと海《かい》にいさまの力《ちから》になってあげて。」

フラムとラルムは顔《かお》を見合《みあ》わせた。

「それは、エンジェル島《とう》にもどれってことですか？」

「難《むずか》しいかしら。」

ふたりは、いいえ、と首《くび》をふった。

「わたしたちには多《おお》くの海《うみ》の仲間《なかま》がいます。それに眠《ねむ》っているうちに、わたしたちを高速《こうそく》で運《はこ》んでくれる船《ふね》もあります。あとはおふたりをさがして、日本《にっぽん》に連《つ》れてくればいいのですね。」

「ええ、ええ！　そのとおりよ！」

言《い》いながら、ふと考《かんが》えた。

「ああ、でも……もしかしたら、もう島《しま》を脱出《だっしゅつ》しているかもしれないわね。」

「そうですね。脱出《だっしゅつ》……。でも、どうやって？」

フラムとラルムは首《くび》をかしげる。

「エンジェル島《とう》には何艘《なんそう》か船《ふね》があるけれど、ノアさんたちが勝手《かって》に使《つか》うことは難《むずか》しいわ。それに日本《にっぽん》までたどりつけるほどのものではないし。」

「かと言《い》って、わたしたちのように自分《じぶん》たちの船《ふね》もない。」

そこで、わたしたちはおたがいを見《み》つめ、「まさか。」とつぶやいた。

「ゆいいつ、立派《りっぱ》な船《ふね》があるわ。」

「けれど、それはピューマさまのもの。」

「ピューマさまも日本《にっぽん》に来《こ》ようとしていると思《おも》う。せっかちなピューマさまのこと、もしかしたらわたしたちの報告《ほうこく》を待《ま》たずに、すでに……。」

「そのピューマの船《ふね》に、ノアと海《かい》にいさまも乗《の》ってるかもしれないわ！　脱出《だっしゅつ》できるゆいいつの手段《しゅだん》だもの。」

フラムとラルムは小《ちい》さく悲鳴《ひめい》をあげた。

「おそろしい！　カンのいいピューマさまにかくれて乗《の》るなんて、とてもできっこありません。きっとみつかってしまいます！」

「どうしよう……。」

「お願《ねが》い。今《いま》すぐ、ここを出《で》てエンジェル島《とう》にわたってほしいの。その途中《とちゅう》で、ピューマの船《ふね》に出会《であ》うかもしれないわ！」

「わかりました。すぐに出発《しゅっぱつ》します！」

ふたりはさっきの倍《ばい》の速《はや》さで降《お》りていくと、あっという間《ま》に見《み》えなくなってしまった。

「どうか、お願《ねが》い。」

祈《いの》るような気持《きも》ちで窓辺《まどべ》にたたずんでいると、

「ノア！　まあ！　この寒《さむ》いのに窓《まど》を開《あ》けたりして。起《お》きて大丈夫《だいじょうぶ》なの？　まだ休《やす》んでなさい。」

いつの間《ま》にかもどってきたママが、あわててわたしの肩《かた》にガウンをかけてくれた。

「あら、ブラン太《た》とシュシュ子《こ》。ああ、それで。この子《こ》たちが入《はい》ってきたがったから、窓《まど》を開《あ》けたのね。」

ママはふたりの頭《あたま》をなでると、「よくここがわかったわね。」と笑《わら》った。

「でも、病室《びょうしつ》に動物《どうぶつ》を入《い》れるのはよくないわ。ノアが元気《げんき》だとわかったでしょう。ふたりとも安心《あんしん》して。さあ、アパートに帰《かえ》ってなさい。」

シュシュは「フタゴ、トモダチ。」と言《い》ってしまったけれど、ママは首《くび》をかしげて、「双子《ふたご》の鳥《とり》の友達《ともだち》ができたの？　シュシュ子《こ》、よかったわね。」と微笑《ほほえ》んだので、ほっとした。

わたしはママに見《み》えないところで、唇《くちびる》に指《ゆび》を当《あ》てて「黙《だま》ってて。」とシュシュに目配《めくば》せすると、シュシュは「カエリマス。ブラントイッショ、カエリマスワ。」と言《い》ってくれた。

わたしはベッドにもどり、ママはふたりを窓《まど》の外《そと》へ見送《みおく》った。

ノアと海《かい》にいさまのことをフラムとラルムにたのんでしまった。本当《ほんとう》はわたしが一刻《いっこく》も早《はや》くエンジェル島《とう》に行《い》きたかった。けれど、目《め》の前《まえ》のママを置《お》いていくことはできない。

今《いま》、ふたりはどこにいるのだろう。

エンジェル島《とう》か、それとも、ピューマの船《ふね》か。そのどちらでもないのか。

どうかどうか無事《ぶじ》で……。

一週間後《しゅうかんご》、学院《がくいん》に登校《とうこう》した。

病院《びょういん》では、その日《ひ》と翌日《よくじつ》に検査《けんさ》を受《う》けたけれど、とくに異常《いじょう》がなかったので、すぐに退院《たいいん》できた。

しかし、世間《せけん》は『あるウワサ』でさわがしく、ママがすぐには行《い》かないほうがいいと判断《はんだん》したから。ママもパートを休《やす》んで、ずっといっしょにいてくれた。

アパートには何人《なんにん》も取材《しゅざい》を申《もう》し出《で》るマスコミの人々《ひとびと》が来《き》た。いくらチャイムを鳴《な》らされても、わたしたちは出《で》ないことに決《き》めた。何度《なんど》も断《ことわ》ったのに無駄《むだ》だったからだ。

そんななか、楓《かえで》と樹里《じゅり》がお見舞《みま》いにきてくれた。きっと面倒《めんどう》くさい目《め》にあったでしょうに。

ふたりのおかげで、ママが言《い》いたがらなかったウワサが、どんなウワサかはわかった。楓《かえで》と樹里《じゅり》が教《おし》えてくれたから。

でも、何《なに》を聞《き》かれても、わからない、と答《こた》えるしかなくて、それがつらかった。楓《かえで》と樹里《じゅり》はとても気《き》をつかってくれた。だから、それ以上《いじょう》、何《なに》も聞《き》いてくることはなかった。ただ、アパートでみんなとクローネとシュシュとブランと遊《あそ》んで笑《わら》っているだけで、心《こころ》が落《お》ち着《つ》いた。ふたりがいてくれれば、学院《がくいん》へも行《い》ける、大丈夫《だいじょうぶ》だって思《おも》った。

そして、思《おも》ったとおり。

学院《がくいん》の正門《せいもん》から教室《きょうしつ》に行《い》くまでに、何人《なんにん》もの視線《しせん》を感《かん》じた。

楓《かえで》と樹里《じゅり》がぴったりと横《よこ》についてガードしてくれたけれど、クラスメートもそうでない人《ひと》たちも、いろいろと聞《き》きたがった。

わたしは笹林《ささばやし》さんにさらわれたことを、誰《だれ》にも言《い》っていない。

ノアと入《い》れ替《か》わっていることがばれてしまうのも怖《こわ》かったし、ノアの秘密《ひみつ》のあの特殊《とくしゅ》な能力《のうりょく》のことも、誰《だれ》にも知《し》られたくなかった。ママにこれ以上《いじょう》、心配《しんぱい》かけたくなかった。

だから、警察《けいさつ》にも言《い》わなかった。

なぜ、通学路《つうがくろ》からはなれた場所《ばしょ》にいたかについては、なんとなく電車《でんしゃ》を乗《の》り継《つ》いで知《し》らない場所《ばしょ》に行《い》きたかったと言《い》った。

苦《くる》しい言《い》いわけだったけれど、宋源家《そうげんけ》の事情《じじょう》を知《し》っている警察《けいさつ》はそれ以上《いじょう》、追及《ついきゅう》してこなかった。そこで、偶然《ぐうぜん》、川《かわ》でおぼれかけた女《おんな》の子《こ》を発見《はっけん》して、つい飛《と》びこんでしまったと言《い》うしかなかった。

その女《おんな》の子《こ》たちふたりが、忽然《こつぜん》と病室《びょうしつ》から姿《すがた》を消《け》したのだ。

世間《せけん》はさわいだ。


『病院《びょういん》から消《き》えた謎《なぞ》の少女《しょうじょ》ふたり！　彼女《かのじょ》たちは何者《なにもの》だったのか。どこから現《あらわ》れてどこへ消《き》えたのか。真相《しんそう》はいまだ不明《ふめい》のまま。彼女《かのじょ》たちを助《たす》けた少女《しょうじょ》A《エー》が鍵《かぎ》をにぎるのか』

『続報《ぞくほう》！　少女《しょうじょ》A《エー》はなんとあの政財界《せいざいかい》の重鎮《じゅうちん》、故《こ》N《エヌ》・S《エス》のひとり娘《むすめ》だった！』


わたしの、いや、ノアのことまで調《しら》べられてマスコミにさらされてしまった。

「どんな女《おんな》の子《こ》たちだったの？」

「普通《ふつう》の子《こ》……だったと思《おも》うわ。よくわからないの。」

「だけど、消《き》えるって普通《ふつう》じゃないよね。何《なに》かあやしい感《かん》じはしなかったの？」

「とくに。わたしも夢中《むちゅう》だったし、川《かわ》からあがったあともそれどころじゃなくて。本当《ほんとう》になんにもわからないのよ。」

「双子《ふたご》だったんでしょ。そっくりだったの？」

「さあ。はっきり顔《かお》を見《み》てないの。さっき言《い》ったように夢中《むちゅう》だったし。あんな状態《じょうたい》だったし。」

「お礼《れい》も言《い》わないで消《き》えるって、失礼《しつれい》じゃない。」

「でも、助《たす》けたあと、ケガをしていないほうの子《こ》から、ありがとうって言《い》われたわ。」

「ケガ？　ひとりはケガをしてたの？」

よけいなことを言《い》ってしまったとあせった。でも、「知《し》らないの？　頭《あたま》に大《おお》ケガを負《お》った、って出《で》てたよ。」と言《い》う子《こ》がいた。

「大《おお》ケガ！　それも頭《あたま》に？　そんなケガをしてて病院《びょういん》を出《で》ていっちゃって大丈夫《だいじょうぶ》なの？」

「さあ……。」

首《くび》をかしげるしかなかった。

「それより、ノアのことが週刊誌《しゅうかんし》に出《で》てたって。新聞広告《しんぶんこうこく》の見出《みだ》しを見《み》たママが言《い》ってたよ。たいへんだね。」

みんなは気《き》の毒《どく》そうな、どこか面白《おもしろ》がっているような、そんな顔《かお》で見《み》ていた。

「もういいでしょう。ノアもたいへんな目《め》にあってるんだし。しばらく静《しず》かにしてあげてよ。」

樹里《じゅり》と楓《かえで》がかばってくれた。とたんに、みんながはっとしたように身《み》を引《ひ》いた。

「そうね……。かわいそう。」

「わたしたち、絶対《ぜったい》マスコミにリークしないし。シスターからも無視《むし》するように言《い》われているから。」

「うん。ノアを守《まも》ってあげる！」

思《おも》いやりのある言葉《ことば》ではげましてくれる。

「みんな、ありがとう。迷惑《めいわく》かけちゃってごめんね。よろしくおねがいします。」

大丈夫《だいじょうぶ》だから。迷惑《めいわく》なんて思《おも》ってないよ。優《やさ》しい言葉《ことば》がうれしい。

一方《いっぽう》で、刺《さ》すようなするどい視線《しせん》も感《かん》じた。

誰《だれ》かはわからない。不愉快《ふゆかい》に思《おも》っている人《ひと》もいると思《おも》う。

担任《たんにん》のシスターは、

「ノアさん、たいへんだったわね。見《み》ず知《し》らずの人《ひと》を助《たす》けるなんてとても勇気《ゆうき》のあることです。すばらしいわ。けれど、助《たす》かったからよかったものの、あなただっておぼれていたかもしれないのよ。今度《こんど》は、近《ちか》くのおとなを呼《よ》ぶか119番《ばん》に電話《でんわ》しなさいね。」

と、優《やさ》しく諭《さと》してくれた。

それでも、廊下《ろうか》を歩《ある》いていると、あからさまにいやな顔《かお》をするシスターもひとり、ふたり、いた。

もしかしたら、これから、マスコミに学院《がくいん》の名前《なまえ》も出《で》てしまうかもしれない。あんまりまわりがさわぐと、学院《がくいん》にもクラスメートたちにも迷惑《めいわく》をかけてしまう。

「人《ひと》のウワサも八十八夜《はちじゅうはちや》っていうじゃない。そのうち、みんな忘《わす》れるよ。マスコミなんて、もっと早《はや》くあきるって。」

楓《かえで》がそう言《い》うと、

「それを言《い》うなら、人《ひと》のウワサも七十五日《しちじゅうごにち》ね。八十八夜《はちじゅうはちや》って茶摘《ちゃつ》みじゃないんだから。とにかく、ノアは気《き》にしないこと。だって、ノアはなんにも悪《わる》いことしてないんだから、ぜんぜん気《き》にする必要《ひつよう》ないんだよ。」

樹里《じゅり》もはげましてくれた。

「そうだよ。むしろ人助《ひとだす》けですっごくいいことしたんじゃん。問題《もんだい》はその子《こ》たちが宇宙人《うちゅうじん》か幽霊《ゆうれい》だったかもしれないってことでさー。」

そう言《い》った楓《かえで》のおでこを樹里《じゅり》がぺちんとはたいた。

「だからそんなこと言《い》うと、また、ノアが気《き》にしちゃうじゃない。」

「ごめん、ごめん。ところで、なんで七十五日《にち》なの？」

「それはね。一年《ねん》三百六十五日《にち》を五で割《わ》った数《かず》らしいよ。」

「なんで、五で割《わ》るの？　しかも七十五にならないし。七十三だよ。」

「そこはだいたいでいいんだよ。けど、楓《かえで》にしては奇跡的《きせきてき》に暗算《あんざん》が早《はや》かったねえ。割《わ》る五の五は何《なに》かな。季節《きせつ》だったかな。そんなことを聞《き》いた覚《おぼ》えがあるけど。」

「季節《きせつ》なら春夏秋冬《しゅんかしゅうとう》で四じゃん。五じゃないじゃん。あとひとつなによ。」

「うるさいな。あんた、自分《じぶん》で調《しら》べたことあるの？　人《ひと》に聞《き》く前《まえ》に自分《じぶん》で調《しら》べるの！」

ふたりの会話《かいわ》を笑《わら》って聞《き》きながら、楓《かえで》が言《い》った「宇宙人《うちゅうじん》か幽霊《ゆうれい》」という言葉《ことば》が気《き》になった。

楓《かえで》と樹里《じゅり》は人間《にんげん》。れっきとした純粋《じゅんすい》な人間《にんげん》。本当《ほんとう》はわたしが人魚《にんぎょ》だと知《し》ったら、ふたりはどう思《おも》うだろう。それでも友達《ともだち》って言《い》ってくれるかしら。

楓《かえで》も樹里《じゅり》もノアの友達《ともだち》だけれど、わたし、人魚《にんぎょ》のルーナの友達《ともだち》になった覚《おぼ》えがないって、そう言《い》われるかもしれない。

さびしい想《おも》いを追《お》い出《だ》すように、ふたりと笑《わら》い転《ころ》げた。

9 招《まね》かざる客《きゃく》

~ルーナの章《しょう》~

それから毎日《まいにち》、学院《がくいん》の門《もん》の前《まえ》まで、シュシュとブランが迎《むか》えにきてくれた。
笹林《ささばやし》さんにさらわれたことを、シュシュとブランにだけは言《い》っていたので、心配《しんぱい》したふたりがわたしの護衛《ごえい》のために考《かんが》えてくれたことだ。
ブランは毎日爪《まいにちつめ》とぎをかかさない。いざというときの攻撃《こうげき》に備《そな》えてなのだろう。たまに、抱《だ》きつかれるときに、肩《かた》や腕《うで》にブランの爪《つめ》が食《く》いこんでしまい、その痛《いた》さにさけんでしまうけれど。
シュシュは日本語《にほんご》を勉強中《べんきょうちゅう》。今《いま》までだってカタコトで話《はな》せたけれど、緊張《きんちょう》したりあわてたりするとわけのわからない日本語《にほんご》になってしまうから。わたしがさらわれたときに、正《せい》確《かく》にほかの人《ひと》に知《し》らせるためにがんばってくれている。

「アエイウエ。オエ――。カケキクケッコーナケーキ。サセシスセソースデース！」

アパートのなかでけたたましく発声練習《はっせいれんしゅう》をされたので、あわてて「公園《こうえん》に行《い》ってね。」と言《い》ってしまった。

学院《がくいん》の門《もん》の前《まえ》までわたしを毎日迎《まいにちむか》えにくるので、すぐにみんなの人気者《にんきもの》になってしまった。

「かわいいっ！　白《しろ》いお猿《さる》さんなんてめずらしい！」

「コノコ、ブラン、ナマエデス。フッツカモノデスガ、ヨロシク、ネ。」

シュシュが代《か》わりに答《こた》えて大《おお》さわぎ。

「きゃー！　インコがしゃべってる。」「九官鳥《きゅうかんちょう》じゃないの？」「オウムでしょ。あなたはなんていう名前《なまえ》なの？」

「ワタシ、シュシュ、デス。カワイイオウムデス。ソーゲンノアサンチ、イマス。イゴ、オミシリシリヲクダサイ。」

「あはは！　尻《しり》をくださいだって！　笑《わら》える。」

「お見知《みし》りおき、と言《い》いたかったんじゃない？　かわいいねー。」

「ノアんちのオウムとお猿《さる》さんなんだー。ノア、ますます有名人《ゆうめいじん》じゃない。」

毎日《まいにち》、校門前《こうもんまえ》に人垣《ひとがき》ができている。そのうち、シスターにお小言《こごと》をいただくことになるかも。でも、ここまで目立《めだ》ってしまえば、逆《ぎゃく》に笹林《ささばやし》さんに誘拐《ゆうかい》されることもないと思《おも》う。

目立《めだ》つことで、またマスコミにねらわれるかと思《おも》ったけれど、楓《かえで》や樹里《じゅり》の言《い》うとおり、あっけないほど、すぐにあきられた。

「ノア、このふたり、どうやって電車《でんしゃ》に乗《の》っているの？」

クラスメートが肩《かた》に乗《の》っているシュシュと腕《うで》に抱《だ》きついているブランをさして言《い》う。

「ふたりとも、この手提《てさ》げかばんに入《はい》っていてくれるの。最初《さいしょ》はせまいところをいやがってケンカしたりしたけど、今《いま》では電車《でんしゃ》に乗《の》っている十五分間《ふんかん》、おとなしくしてくれるわ。だから、誰《だれ》にも気《き》づかれないの。」

「いい子《こ》ねー。」

「いいな、ノアがうらやましい。」

誰《だれ》かが言《い》った。すると、「ほんと、ほんと。」とあちこちで声《こえ》があがる。

「サヨナラ。サヨナラ。バイバイネンネ。」

シュシュが言《い》い、みんなも面白《おもしろ》がって返《かえ》している。

「バイバイネンネー！」

こんなふうに大《おお》さわぎの毎日《まいにち》だ。

「すっかり人気者《にんきもの》になったね、ノア。」

楓《かえで》が肩《かた》をすくめる。

「人気者《にんきもの》はわたしじゃなくて、このコたちよ。」

「ノアも人気者《にんきもの》だよ。」

樹里《じゅり》が言《い》った。

「ノア、以前《いぜん》のノアとぜんぜんちがうし。あ、これ、へんな意味《いみ》じゃなくて。別人《べつじん》みたいって言《い》ったけれど、本当《ほんとう》は優《やさ》しいのは、わたしも知《し》ってたし。ただ……。」

樹里《じゅり》は言《い》いにくそうだった。

「なあに？」

「……ただ、ちょっとだけ、あのひねくれていたときのノアもなつかしいなって思《おも》ったただけ。」

「ひねくれていたなんて、ひどい〜。」

と、楓《かえで》が笑《わら》う。

「でも、たしかにひねくれてたよね。ムキになって反抗《はんこう》していたって感《かん》じ。あ、わたしたちもだけど。」

楓《かえで》の言葉《ことば》に、うん、と樹里《じゅり》もうなずく。

「なんであんなふうだったんだろうね、わたしたち。お子《こ》ちゃまだったのかな。」

「今《いま》でもお子《こ》ちゃまじゃん！」

「そうだけど！」

ふたりの会話《かいわ》にわたしはぽつんとつぶやいた。

「さみしかった……の。パパもママも忙《いそが》しくて話《はなし》を聞《き》いてくれなかったし。海《かい》にいさまは優《やさ》しかったけれど、とてもよくできた人《ひと》。パパもママも海《かい》にいさまを基準《きじゅん》にしていたから。わたしにも期待《きたい》して、そのとおりにできないとがっかりして。……だから、学院《がくいん》では自由《じゆう》にしたかった。その自由《じゆう》がどんなものかって、よくわからなくて。それで……。」

いつのまにか、ノア自身《じしん》になったかのようだ。いっしょにいたのは短《みじか》い時間《じかん》だったけれど、ノアの気持《きも》ちがわたしにはわかる気《き》がした。

樹里《じゅり》は小《ちい》さくうなずいた。

「そうかもね。わたしも家《いえ》ではなかなか自分《じぶん》を出《だ》せなくて。窮屈《きゅうくつ》だったし。」

楓《かえで》は「わたしはね。」と言《い》った。

「わたしはママがきらいじゃないし、家《いえ》でもこんなだけど。だからわたしはふたりとちがうんだ。ただ、ノアと樹里《じゅり》が好《す》きで。……ごめん、照《て》れるよね。面《めん》と向《む》かって言《い》われると。でも、そうなんだ。好《す》きなのと憧《あこが》れなのと。それでただいっしょにいたくて、いっしょに遊《あそ》んでいただけ。だから、別《べつ》に街《まち》で遊《あそ》ばなくてもいいんだ。ノアのアパートでお茶《ちゃ》飲《の》んでほっこりしているだけで。」

「お茶《ちゃ》飲《の》んでほっこりなんて、ババアみたいなこと言《い》わないでよー。」

樹里《じゅり》が笑《わら》う。わたしも笑《わら》う。ほんとにいい人《ひと》たち。いい友達《ともだち》だってつくづく思《おも》った。

だから、早《はや》く、ノアに帰《かえ》ってきてほしい。この日常《にちじょう》を取《と》りもどしてほしい。

フラム、ラルム、お願《ねが》いよ。

アパートの玄関《げんかん》には、見慣《みな》れない靴《くつ》があった。

おそろしくヒールの高《たか》い黒《くろ》い靴《くつ》。ママはこんなに高《たか》いヒールの靴《くつ》を持《も》ってないし、履《は》かない。

「お客《きゃく》さん……かしら。」

そっとのぞいて……「ひっ！」とさけびそうになった口《くち》をあわてて押《お》さえた。

ママと向《む》かい合《あ》って座《すわ》っている女《おんな》の人《ひと》がいた。

髪《かみ》をきゅっとアップにしてメガネをかけて、黒《くろ》いスーツを着《き》ている。ママと同《おな》じくらいの年《とし》の人《ひと》。だけど、知《し》らない人《ひと》じゃない。

雰囲気《ふんいき》はちがうし、きちんとした服装《ふくそう》をしているけれど、まちがいない、あの人《ひと》は……。

ピューマ！

どうしてここにいるの！　なぜ？　いつ？　わたしの家《いえ》と知《し》ってて？

頭《あたま》のなかがぐるぐるしてパニックになりそうだった。

シュシュとブランが気配《けはい》を察《さっ》して、普通《ふつう》なら部屋《へや》に飛《と》びこんでいくところを、じっと様《よう》子《す》をうかがっている。

とても部屋《へや》になんて入《はい》れない。後《うし》ろ手《で》で玄関《げんかん》のドアのノブを回《まわ》してそっと出《で》ていこうとすると、

「ノア？　帰《かえ》ってきたんでしょ？　おかえりなさい。」

ママの声《こえ》がした。さっきのドアを開《あ》ける音《おと》を聞《き》かれてしまったんだ。

「どうしたの？　入《はい》ってきなさい。今《いま》、お客《きゃく》さまがみえているのよ。」

ママの声《こえ》がうれしそうにはずんでいる。ここでドアを開《あ》けて外《そと》に出《で》てしまったら、へんに思《おも》われる。それに、ママをピューマとふたりきりにすることが心配《しんぱい》だった。

まったく知《し》らないふりをしていよう、初《はじ》めて会《あ》ったふりをしよう、そう決《き》めて深呼吸《しんこきゅう》した。

「ブランとシュシュはこの手提《てさ》げかばんのなかに入《はい》っててね。」

ふたりにささやくと、覚悟《かくご》して部屋《へや》に入《はい》った。

一歩足《いっぽあし》を踏《ふ》み入《い》れたとたん、ピューマと視線《しせん》が合《あ》った。

ヘビのような目《め》！　そうよ、こんな目《め》をしていたんだわ。

表情《ひょうじょう》を変《か》えずに座《すわ》ると、ていねいにお辞儀《じぎ》をした。

「ようこそいらっしゃいました。ノアです。」

「まあ、なんてかわいいお嬢《じょう》さんでしょう。お父《とう》さまにそっくりだわ。」

ママはピューマを紹介《しょうかい》した。

「こちらは、パパのお知《し》り合《あ》いで外務省《がいむしょう》にお勤《つと》めの日馬《ひうま》さん。」

「よろしく、ノアちゃん。日馬《ひうま》です。」

ピューマはにっこりと笑《わら》った……ように見《み》せかけているけれど、その目《め》は笑《わら》っていない。するどくわたしを見《み》つめている。

「わたくしは波太郎《なみたろう》さんと懇意《こんい》にさせていただいていたのですが、長《なが》いこと海外勤務《かいがいきんむ》につき、日本《にっぽん》にいませんでした。先日《せんじつ》、久《ひさ》しぶりに帰国《きこく》し、このたびの訃報《ふほう》を聞《き》いておどろいてしまって。お母《かあ》さまとノアちゃんがご苦労《くろう》されていると伺《うかが》い、ぜひ、お力添《ちからぞ》えをさせていただきたいと、うかがったんですよ。」

わたしは何《なに》も言《い》えずに、うつむいて畳《たたみ》のへりを見《み》つめていた。

「まあ、この子《こ》はむっつりしちゃって。どうしちゃったのかしら。いつもはもっと明《あか》るく

て礼儀《れいぎ》正《ただ》しいいい子《こ》なんですのよ。失礼《しつれい》ですみません。」

ママがとりつくろうように笑《わら》う。わたしはすっくと立《た》つと、

「わたし、お茶《ちゃ》をいれてきます。」

台所《だいどころ》に行《い》った。息《いき》がつまりそうで堪《た》えられない。

「どうぞ、おかまいなく。今日《きょう》はご挨拶《あいさつ》にうかがっただけですので。このあと用事《ようじ》がひかえてますので、これで失礼《しつれい》します。」

「まあ、そうですか。こんなせまいところですが、今度《こんど》ごゆっくりいらしてくださいね。」

「また来《き》ますわ。ノアちゃん。」

呼《よ》ばれて仕方《しかた》なくふりかえる。

「どうぞ、これからも仲良《なかよ》くしてね。」

にやりと笑《わら》うと出《で》ていった。ママは表《おもて》まで見送《みおく》りにいった。

「なんてこと！」

まだ心臓《しんぞう》がバクバクしている。手提《てさ》げかばんからシュシュとブランが出《で》てくる。ふたりとも興奮《こうふん》していた。

「ピューマ！　キタ！　ナニシニキタ！　ピューマ、コワイ、コワイワ！」

シュシュは羽《はね》をばたつかせ、ブランもキーキーと鳴《な》きさけんだ。

「ふたりとも落《お》ち着《つ》いて。これからのことを冷静《れいせい》に考《かんが》えるのよ。冷静《れいせい》に。どうしたらいいのか……。」

そうは言《い》っても何《なに》も思《おも》い浮《う》かばない。

ピューマに家《いえ》を知《し》られてしまった。いつ連《つ》れていかれるかわからないってことだ。用心《ようじん》していつも鍵《かぎ》を閉《し》めていたとしても、無駄《むだ》。こんなアパートの鍵《かぎ》くらいこわすのはわけないだろうし。ピューマなら、やすやすと窓《まど》から忍《しの》びこんでこられる。

どうしよう……。

バタン、と玄関《げんかん》のドアが開《あ》いて、ママがもどってきた。

「ママ！」

わたしは必死《ひっし》だった。

「お願《ねが》い。もう、あの日馬《ひうま》さんという人《ひと》と会《あ》うのはやめて。」

「まあ、どうしたの？」

ママはおどろいている。当《あ》たり前《まえ》だ。初対面《しょたいめん》の人《ひと》に対《たい》して、いきなり「会《あ》うのはやめて。」と言《い》うのだから、わけがわからないと思《おも》う。

「どうしてそんなことを言《い》うの？　ノアはあの方《かた》のことをまったく知《し》らないでしょう。」

「し、知《し》らないわ。知《し》らないけれど、なんとなくいやなの。怖《こわ》い人《ひと》のような気《き》がするの！」

自分《じぶん》でもまったく説得力《せっとくりょく》がないと思《おも》った。だけど、そう言《い》うしかなかった。

「ノア……。おかしいわ。ノアは人《ひと》を見《み》た目《め》で判断《はんだん》したりする子《こ》じゃなかったはずよ。たしかに日馬《ひうま》さんはバリバリ仕事《しごと》をされてきたから、厳《きび》しそうな感《かん》じはあるかもしれないけれど。とても優《やさ》しい方《かた》よ。」

ママは完全《かんぜん》にピューマを信頼《しんらい》していた。そのうえ、「じつはね。」とうれしそうに言《い》った。

「ママの絵《え》ね、渡辺《わたなべ》の奥《おく》さまにたのんですべて処分《しょぶん》してもらったと思《おも》っていたの。だけど、じつは処分《しょぶん》しきれなかったと、先日《せんじつ》、彼女《かのじょ》から電話《でんわ》があって聞《き》いたのよ。渡辺《わたなべ》の家《いえ》の納屋《なや》に置《お》いてあるって。」

「知《し》らなかったわ。」

「ええ、ママもよ。ノアに話《はな》そうと思《おも》っていて、大《たい》したことじゃないからとそのまま忘《わす》れていたわ。」

ママの絵《え》なら、わたしも見《み》たいと思《おも》った。ママは熱《ねっ》に浮《う》かされたように続《つづ》けて言《い》う。

「それで、今度《こんど》、渡辺《わたなべ》の家《いえ》に日馬《ひうま》さんと行《い》って絵《え》を見《み》てもらう約束《やくそく》なの。うちにあるノアを描《か》いた絵《え》をご覧《らん》になった日馬《ひうま》さんが、ママの絵《え》を気《き》にいってくれて。ぜひ、すべての絵《え》を見《み》せてもらいたいって。フランスの画商《がしょう》にも紹介《しょうかい》してくださるっていうの！　すごいでしょう。」

うそだと思《おも》った。

笹林《ささばやし》さんに続《つづ》いて、また画商《がしょう》だわ！

ピューマがフランスの画商《がしょう》に知《し》り合《あ》いなんているわけない。

ママはだまされているんだわ！

「ママ、信用《しんよう》しないで。あの人《ひと》のことをちゃんと調《しら》べて。が、外務省《がいむしょう》ってどの部署《ぶしょ》なの？　そこに問《と》い合《あ》わせて、本当《ほんとう》に日馬《ひうま》さんが勤《つと》めているのか確認《かくにん》して！」

ママはまあ！　まあ！　まあ！　とおどろいて口《くち》をぽっかり開《あ》けたが、すぐに厳《きび》しい表《ひょう》情《じょう》に変《か》わった。

「なんてことを言《い》うの？　そんなことをしたら、気《き》を悪《わる》くされるわ。ノア、いったいどうしちゃったの。ママといっしょに喜《よろこ》んでくれないの？」

最後《さいご》にはママは、涙《なみだ》ぐんでしまった。

「そ、そんなこと……。わたしはただ……。ごめんなさい、ママ。」

しゅんとすると、ママはわたしを抱《だ》きしめた。

「わかってくれると思《おも》ったわ。ありがとう、ノア。」

パパの不正《ふせい》が明《あか》るみに出《で》た今《いま》になっても、ママは人《ひと》を信《しん》じて疑《うたが》うことを知《し》らない。純粋《じゅんすい》で子《こ》どもみたいなママ。

けれど、わたしが今《いま》、何《なに》を言《い》ったところで、ママを傷《きず》つけてしまうだけ。

ママはたよれない。

わたしがひとりでピューマと戦《たたか》うしかない。

そう決《き》めた。

シュシュもブランもクローネさえ、心配《しんぱい》そうにわたしを見《み》つめている。
大丈夫《だいじょうぶ》よ、というようにわたしはうなずく。自分自身《じぶんじしん》を勇気《ゆうき》づけるように。
このとき。
アパートのかげで身《み》をひそめ、二階《かい》を見上《みあ》げて様子《ようす》をうかがっている人《ひと》がいることを、
わたしはまだ知《し》らずにいた。

三巻《かん》につづく

池田美代子《いけだみよこ》先生《せんせい》が解説《かいせつ》！

人魚《にんぎょ》にまつわる伝説《でんせつ》

世界《せかい》

ヨーロッパでは「ローレライ」と「セイレーン」が有名《ゆうめい》です。ローレライとは、ライン川《がわ》沿《ぞ》いにある岩山《いわやま》です。恋人《こいびと》に裏切《うらぎ》られた女性《じょせい》が、ローレライからライン川《がわ》に身《み》を投《な》げた後《あと》、水《みず》の精《せい》ローレライとなり、美《うつく》しい歌声《うたごえ》で漁師《りょうし》を誘惑《ゆうわく》して船《ふね》を遭難《そうなん》させます。

セイレーンはギリシャ神話《しんわ》に登場《とうじょう》する海《うみ》の魔獣《まじゅう》です。最初《さいしょ》、神話《しんわ》では上半身《じょうはんしん》は人間《にんげん》の女性《じょせい》で下半身《かはんしん》が鳥《とり》の姿《すがた》でしたが、後世《こうせい》になると下半身《かはんしん》が魚《さかな》の姿《すがた》として伝《つた》わりました。ローレライ伝説《でんせつ》と同《おな》じく、美《うつく》しい歌声《うたごえ》で船乗《ふなの》りを惑《まど》わして船《ふね》を難破《なんぱ》させてしまいます。

他《ほか》にアイルランドのケルト伝説《でんせつ》の人魚《にんぎょ》「メロウ」は、人間《にんげん》の男性《だんせい》と結婚《けっこん》し、子《こ》どもを産《う》むこともあったといわれます。（ちなみに人魚《にんぎょ》の男《おとこ》は鼻《はな》が赤《あか》く目《め》が豚《ぶた》のよう。）メロウには水《みず》かきがありました。デンマークの人魚《にんぎょ》は「ハウフルエ」といって、予知能力《よちのうりょく》があったそうです。デンマークの国王《こくおう》の誕生《たんじょう》も予言《よげん》したようです。

日本《にっぽん》

日本《にっぽん》にも古《ふる》くから人魚伝説《にんぎょでんせつ》があります。『日本書紀《にほんしょき》』の記述《きじゅつ》によると、六一九年《ねん》に摂津《せっつ》に現《あらわ》れた人魚《にんぎょ》は赤《あか》ん坊《ぼう》のようだけれど、人《ひと》でも魚《さかな》でもなかったと記《しる》されています。

人魚《にんぎょ》の肉《にく》は不老長寿《ふろうちょうじゅ》の霊薬《れいやく》といわれ、八百歳《さい》まで生《い》きたという八百比丘尼伝説《やおびくにでんせつ》は有名《ゆうめい》です。

日本《にっぽん》では人魚《にんぎょ》は水《みず》にすむ妖怪《ようかい》として伝《つた》わっている話《はなし》が多《おお》く、その妖怪《ようかい》たちは災《わざわ》いを予言《よげん》するのが特徴《とくちょう》でした。沖縄《おきなわ》の「ザン」は明治《めいじ》八年《ねん》の八重山地震津波《やえやまじしんつなみ》を予言《よげん》し、弘化《こうか》三年《ねん》、肥後《ひご》の海《うみ》に現《あらわ》れた人魚《にんぎょ》の姿《すがた》にくちばしを持《も》った「アマビエ」は豊作《ほうさく》を予言《よげん》します。越後《えちご》の海《うみ》に現《あらわ》れた「人魚《にんぎょ》の姿《すがた》をした光《ひか》るモノ」は人《ひと》の死《し》を予言《よげん》したといわれています。

ヨーロッパの人魚《にんぎょ》の姿《すがた》に近《ちか》いのは、磯女《いそおんな》、海女《うみおんな》、濡女《ぬれおんな》とも呼《よ》ばれる「磯姫《いそひめ》」です。上半身《じょうはんしん》は人間《にんげん》の女性《じょせい》ですごみのある美《うつく》しい顔立《かおだ》ちをしていましたが、声《こえ》をかけようとすると鋭《するど》い声《こえ》で叫《さけ》び、髪《かみ》の毛《け》が伸《の》びて、声《こえ》をかけようとした者《もの》の体《からだ》に巻《ま》きつき、毛《け》を伝《つた》って血《ち》を吸《す》ってしまいます。

世界《せかい》、日本《にほん》に伝《つた》わる人魚伝説《にんぎょでんせつ》。あなたは信《しん》じますか？ 私《わたし》は今《いま》も遠《とお》い海《うみ》の底《そこ》で、またはエンゼル島《とう》のような小《ちい》さな島《しま》でひそかに暮《く》らしているように思《おも》えてなりません。

三分寸劇《ぷんすんげき》　もうひとつの人魚姫伝説《にんぎょひめでんせつ》

ルーナ（以下《いか》ル）「みなさん、こんにちは。二巻目《かんめ》も読《よ》んでくれてありがとう！」

ノア（以下《いか》ノ）「ルーナはのんきでいいよね。はー。なんだかんだ学校《がっこう》も楽《たの》しそうだし。楓《かえで》と樹里《じゅり》とも仲良《なかよ》くやってるみたいだし。こっちがさー生《い》きるか死《し》ぬかってときにさー。」

ル「あら、わたしだって大変《たいへん》だったのよ。」

海《かい》「僕《ぼく》も大変《たいへん》な目《め》に遭《あ》わされたけど、読者《どくしゃ》のみんなが楽《たの》しんでくれたらいいさ。ふー。」

池田《いけだ》（以下池《いかいけ》）「えっと、それはもう原作《げんさく》が素敵《すてき》に過酷《かこく》なんでして。（手塚《てづか》ファンなら、容赦《ようしゃ》ないことをご存《ぞん》じでしょう！）しかし、そう言《い》う海《かい》にいさまも、ずいぶんお疲《つか》れみたいですけど。」

楓《かえで》「まだ二巻目《かんめ》なんだよ。この先《さき》のみんなの体力《たいりょく》が心配《しんぱい》。」

（※おまけページのお約束《やくそく》。ここでの楓《かえで》と樹里《じゅり》はルーナとノア、ふたりの事情《じじょう》を知《し》ってます。）

ラルム（以下《いか》ラ）「ということで、ここいらでちょっとわたしたちで三分寸劇《ぷんすんげき》でもやってみようかと思《おも》うの。」

樹里《じゅり》（以下樹《いかじゅ》）「はあ？　ま〜ったく意味不明《いみふめい》なんだけど。」

フラム（以下《いか》フ）「（聞《き》いてない。）題《だい》して、『もうひとつの人魚姫伝説《にんぎょひめでんせつ》』。人魚姫《にんぎょひめ》はもちろん、ルーナ姫《ひめ》です。王子《おうじ》さまはおにいさんで、魔法使《まほうつか》いはノアちゃんね。それでもって、王子《おうじ》をねらう姫役《ひめやく》その一が楓《かえで》ちゃんで、その二が樹里《じゅり》ちゃん。」

ル「ああ、海王子《かいおうじ》！　なんて素敵《すてき》な方《かた》なの。人間《にんげん》になって王子《おうじ》さまにお会《あ》いしたい。」

ノ「怖《こわ》い、この人《ひと》、すっかりその気《き》になってるよ。つきあってやるか。……そこの人魚《にんぎょ》、人間《にんげん》になりたいのかい。代《か》わりに、一生《いっしょう》あたしの下僕《げぼく》として生《い》きると約束《やくそく》するんなら、人《にん》間《げん》にしてやってもいいけど？　こきつかってやるから覚悟《かくご》しな。」

海《かい》「ノア、気《き》のせいかな。おまえ、ピューマに似《に》てきた気《き》がするが。」

ル「わかったわ。約束《やくそく》します。さあ、わたしを人間《にんげん》に……。あら、早《はや》い、もう足《あし》がはえてきたわ。ぶくぶく……。た、助《たす》けて！　いきなり泳《およ》げなくなっちゃった！」

海《かい》「君《きみ》、大丈夫《だいじょうぶ》か！　さあ、この船《ふね》へ！」

楓《かえで》「るるるるん♪　今日《きょう》は楽《たの》しい船上《せんじょう》パーティー。王子《おうじ》さまがお妃《きさき》を選《えら》ぶ日《ひ》なのよ。どう？　樹里《じゅり》ちゃん、わたし、いつもより可愛《かわい》いかしらん？」

樹《じゅ》「ああ可愛《かわい》い可愛《かわい》い。めんどくさ〜。早《はや》く終《お》わらないかな。あ、王子《おうじ》が来《き》た。知《し》らない女《おんな》を連《つ》れてるけど？」

楓《かえで》「ま、まさか、王子《おうじ》さま、その女《おんな》を妃《きさき》に選《えら》んだってこと？」

海《かい》「選《えら》ぶわけないだろう。なぜなら、この子《こ》は行方《ゆくえ》知《し》れずの妹《いもうと》、ノアにそっくりだからだ。魔法使《まほうつか》いの修行《しゅぎょう》に行《い》くと言《い》ったまま、妹《いもうと》は今頃《いまごろ》どこでなにをしているやら……。」

ル「はっ！　もしかしたら、その妹《いもうと》さんって……。あら、いつのまにかそこにいる。」

ノ「にいさま殿下《でんか》、久《ひさ》しぶり〜。立派《りっぱ》な魔法使《まほうつか》いになって帰《かえ》ってきたよ。ちなみにこの子《こ》はもと人魚《にんぎょ》ね。あたしが魔法《まほう》で人間《にんげん》にしてやったんだ。だから一生《いっしょう》あたしの下僕《げぼく》だよ。」

楓《かえで》・樹《じゅ》「げっ、まさかのネタばれ。」

ル「はい。王子《おうじ》さま、あなたとお話《はな》ししたくて人間《にんげん》にしてもらいました。」

楓《かえで》・樹《じゅ》「さらにネタばれ。さすが瓜二《うりふた》つの似《に》たもの同士《どうし》。」

海《かい》「僕《ぼく》と？　それだけのためにノアの下僕《げぼく》になるなんてどうかしてる。それに、ごめん。

僕《ぼく》にはすでに心《こころ》に決《き》めたひとがいる。」（王子《おうじ》、意外《いがい》にクール。）

ル「まあ、そうでしたか。初恋《はつこい》は実《みの》らないものですね。（あっさり。）」

ノ「おとりこみ中悪《ちゅうわる》いけど、早速《さっそく》、命令《めいれい》だよ。人魚姫《にんぎょひめ》、アボカドハンバーガーに味噌《みそ》ラーメンにモンブランケーキをすぐに作《つく》って。それがすんだら肩《かた》もみだよ。それから……。」

ル「いいですけど。それって魔法使《まほうつか》いなんだから自力《じりき》でできませんか？　わたしを人間《にんげん》に変《か》えるのにくらべたら、ご馳走《ちそう》を出《だ》すとかちょちょいのちょいだと思《おも》うんですけど。」

ノ「……バ、バッカじゃないの。自分《じぶん》で出《だ》しちゃ意味《いみ》ないじゃん。自分《じぶん》で作《つく》るより他人《たにん》が作《つく》った料理《りょうり》を食《た》べたほうが、ありがたみがあるし美味《おい》しいんだって！」

池《いけ》「ノア、まるで主婦《しゅふ》みたいね。けれど、あなた、ご馳走《ちそう》ならずっとコックさんが作《つく》ってくれる、思《おも》いのままの裕福《ゆうふく》な生活《せいかつ》をしていたでしょ。」

ノ「ひ〜ん、なのに、なんであたしがあんなことやこんなことに。」

ル「かわいそうな魔法使《まほうつか》い。いくらでもお料理《りょうり》するわ。だから泣《な》かないで。」

フ「じつは王子《おうじ》さまの心《こころ》に決《き》めたひととは、助《たす》けた人魚《にんぎょ》の姉《あね》、ソレイユ姫《ひめ》だったのです。王子《おうじ》のために妹《いもうと》の魔法使《まほうつか》いはソレイユ姫《ひめ》も人間《にんげん》にし、ふたりはめでたく結婚《けっこん》しました。」

ラ「ふたたび修行《しゅぎょう》の旅《たび》に出《で》た魔《ま》法《ほう》使《つか》いと、その下《げ》僕《ぼく》。いつしか下《げ》僕《ぼく》は魔《ま》法《ほう》使《つか》いの親《しん》友《ゆう》となり、なぜかともに修行《しゅぎょう》の身《み》に。そしてふたたびこの国《くに》に帰《かえ》ってきたとき、ふたりは伝《でん》説《せつ》に残《のこ》る最強《さいきょう》の魔《ま》法《ほう》使《つか》いコンビ、ルーナとノアになっていたのです。めでたし、めでたし。」

＊著者紹介

池田美代子《いけだみよこ》

　大阪府生まれ。おとめ座のA型。おもな作品に「新 妖界ナビ・ルナ」シリーズ，「摩訶不思議ネコ・ムスビ」シリーズ（いずれも講談社青い鳥文庫），『炎たる沼』（講談社），『自鳴琴』（光文社）などがある。モモとナツという名の猫2匹と，ぐうという名のトイプードルと同居しています。青い鳥文庫ウェブサイト（http://aoitori.kodansha.co.jp/）で「新 妖界ナビ・ルナ」と「摩訶不思議ネコ・ムスビ」のページを公開中。

＊画家紹介

尾谷《おたに》おさむ

　兵庫県生まれ。好きなものは，動物，ランプ，イルミネーション，月，夜，散歩，紅茶。好きな作家は，宮崎駿，宮沢賢治，芦奈野ひとし，ますむらひろし，たむらしげる。好きな音楽は，大貫妙子，ゑでぃまぁこん，ササキトモコ，たま。おもな仕事に，「摩訶不思議ネコ・ムスビ」シリーズ（講談社青い鳥文庫），「お隣の魔法使い」シリーズ（GA文庫）などがある。

講談社　青い鳥文庫　268-25

海色《うみいろ》のANGEL《エンジェル》
――2　人魚伝説《にんぎょでんせつ》――

池田美代子《いけだみよこ》
手塚治虫《てづかおさむ》 原案

2015年12月15日　第1刷発行

（定価はカバーに表示してあります。）

発行者　清水保雅

発行所　株式会社講談社

東京都文京区音羽2-12-21　郵便番号112-8001

電話　出版（03）5395-3536
販売（03）5395-3625
業務（03）5395-3615

N.D.C.913　216p　18cm

装　丁　久住和代

印　刷　図書印刷株式会社

製　本　図書印刷株式会社

本文データ制作　講談社デジタル製作部

（落丁本・乱丁本は，購入書店名を明記のうえ，小社業務あてにお送りください。送料小社負担にておとりかえします。）

■この本についてのお問い合わせは，児童図書第二出版「青い鳥文庫」係にご連絡ください。

ISBN978-4-06-285532-7

おもしろい話がいっぱい！

パスワード シリーズ

- パスワードは、ひ・み・つ new　松原秀行
- パスワードのおくりもの new　松原秀行
- パスワードに気をつけて new　松原秀行
- パスワード謎旅行 new　松原秀行
- パスワードとホームズ4世 new　松原秀行
- 続・パスワードとホームズ4世 new　松原秀行
- パスワード「謎《パズル》」ブック　松原秀行
- パスワードVS.紅カモメ　松原秀行
- パスワードで恋をして　松原秀行
- パスワード龍《ドラゴン》伝説　松原秀行
- パスワード魔法都市　松原秀行
- パスワード春夏秋冬(上)(下)　松原秀行
- 魔法都市外伝 パスワード幽霊ツアー　松原秀行
- パスワード地下鉄ゲーム　松原秀行
- パスワード四百年パズル「謎《パズル》」ブック2　松原秀行
- パスワード菩薩崎決戦　松原秀行
- パスワード風浜クエスト　松原秀行
- パスワード忍びの里 卒業旅行編　松原秀行
- パスワード怪盗ダルジュロス伝　松原秀行
- パスワード悪魔の石　松原秀行
- パスワードダイヤモンド作戦！　松原秀行
- パスワード悪の華　松原秀行
- パスワード　ドードー鳥の罠《わな》　松原秀行
- パスワード　レイの帰還　松原秀行
- パスワード　まぼろしの水　松原秀行
- パスワード　終末大予言　松原秀行
- パスワード　暗号バトル　松原秀行
- パスワード外伝　猫耳探偵まどか　松原秀行
- パスワード外伝　恐竜パニック　松原秀行
- パスワード　渦巻き少女《ガール》　松原秀行
- パスワード　東京パズルデート　松原秀行
- パスワード　UMA《ユーマ》騒動　松原秀行
- パスワード　はじめての事件　松原秀行

名探偵 夢水清志郎 シリーズ

- そして五人がいなくなる　はやみねかおる
- 亡霊《ゴースト》は夜歩く　はやみねかおる
- 消える総生島　はやみねかおる
- 魔女の隠れ里　はやみねかおる
- 踊る夜光怪人　はやみねかおる
- 機巧館《からくりやかた》のかぞえ唄　はやみねかおる
- ギヤマン壺の謎　はやみねかおる
- 徳利長屋の怪　はやみねかおる
- 人形は笑わない　はやみねかおる
- 「ミステリーの館」へ、ようこそ　はやみねかおる
- あやかし修学旅行　鵺《ぬえ》のなく夜　はやみねかおる
- 笛吹き男とサクセス塾の秘密　はやみねかおる
- オリエント急行とパンドラの匣《ケース》　はやみねかおる
- ハワイ幽霊城の謎　はやみねかおる
- 卒業　開かずの教室を開けるとき　はやみねかおる
- 名探偵VS.怪人幻影師　はやみねかおる
- 名探偵VS.学校の七不思議　はやみねかおる
- 名探偵と封じられた秘宝　はやみねかおる

怪盗クイーン シリーズ

- 怪盗クイーンはサーカスがお好き　はやみねかおる
- 怪盗クイーンの優雅な休暇《バカンス》　はやみねかおる
- 怪盗クイーンと魔窟王《まくつおう》の対決　はやみねかおる
- 怪盗クイーン、仮面舞踏会にて　はやみねかおる
- 怪盗クイーンに月の砂漠を　はやみねかおる

講談社　青い鳥文庫

怪盗クイーン、かぐや姫は夢を見る　はやみねかおる
怪盗クイーンと悪魔の錬金術師　はやみねかおる
怪盗クイーンと魔界の陰陽師　はやみねかおる
怪盗道化師《ピエロ》　はやみねかおる
バイバイ スクール　はやみねかおる
オタカラウォーズ　はやみねかおる
少年名探偵WHO《フー》 透明人間事件　はやみねかおる
少年名探偵虹北恭助の冒険　はやみねかおる
ぼくと未来屋の夏　はやみねかおる
恐竜がくれた夏休み　はやみねかおる
復活!! 虹北学園文芸部　はやみねかおる

大中小《だいちゅうしょう》探偵クラブ シリーズ

大中小探偵クラブ (1)　はやみねかおる

タイムスリップ探偵団 シリーズ

坊っちゃんは名探偵!　楠木誠一郎
ご隠居さまは名探偵!　楠木誠一郎
お局さまは名探偵!　楠木誠一郎
うつけ者は名探偵!　楠木誠一郎
陰陽師は名探偵!　楠木誠一郎
大泥棒は名探偵!　楠木誠一郎
女王さまは名探偵!　楠木誠一郎
牛若丸は名探偵!　楠木誠一郎
坂本龍馬は名探偵!!　楠木誠一郎
平賀源内は名探偵!!　楠木誠一郎
聖徳太子は名探偵!!　楠木誠一郎
新選組は名探偵!!　楠木誠一郎
豊臣秀吉は名探偵!!　楠木誠一郎
福沢諭吉は名探偵!!　楠木誠一郎
一休さんは名探偵!!　楠木誠一郎
安倍晴明は名探偵!!　楠木誠一郎
宮沢賢治は名探偵!!　楠木誠一郎
宮本武蔵は名探偵!!　楠木誠一郎
徳川家康は名探偵!!　楠木誠一郎
平清盛は名探偵!!　楠木誠一郎
織田信長は名探偵!!　楠木誠一郎
真田幸村は名探偵!!　楠木誠一郎
源義経は名探偵!!　楠木誠一郎
清少納言は名探偵!!　楠木誠一郎
黒田官兵衛は名探偵!!　楠木誠一郎
伊達政宗は名探偵!!　楠木誠一郎
西郷隆盛は名探偵!!　楠木誠一郎
真田十勇士は名探偵!!　楠木誠一郎

宮部みゆきのミステリー

ステップファザー・ステップ　宮部みゆき
今夜は眠れない　宮部みゆき
この子だれの子　宮部みゆき
かまいたち　宮部みゆき
マサの留守番　宮部みゆき
蒲生邸《がもうてい》事件（前編・後編）　宮部みゆき
七時間目の怪談授業　藤野恵美
七時間目の占い入門　藤野恵美
七時間目のUFO研究　藤野恵美
お嬢様探偵ありす (1)〜(7)　藤野恵美
スパイ・ドッグ　コープ
天才犬ララ、危機一髪!?　コープ

名探偵 浅見光彦 シリーズ

ぼくが探偵だった夏　内田康夫
耳なし芳一からの手紙　内田康夫
しまなみ幻想　内田康夫

おもしろい話がいっぱい！

若おかみは小学生！シリーズ

- 若おかみは小学生！(1)〜(20)　令丈ヒロ子
- おっこのTAIWANおかみ修業！　令丈ヒロ子
- 若おかみは小学生！スペシャル短編集(1)〜(2)　令丈ヒロ子

温泉アイドルは小学生！シリーズ

- 温泉アイドルは小学生！(1)　令丈ヒロ子
- メニメニハート　令丈ヒロ子

黒魔女さんが通る!!シリーズ

- 黒魔女さんが通る!!(0)〜(20)　石崎洋司
- 黒魔女の騎士ギューバッド(全3巻)　石崎洋司
- 魔女学校物語　石崎洋司
- おっことチョコの魔界ツアー　令丈ヒロ子 石崎洋司
- 恋のギューピッド大作戦！　令丈ヒロ子 石崎洋司
- 魔リンピックでおもてなし　令丈ヒロ子 石崎洋司

摩訶不思議ネコ・ムスビ シリーズ

- 秘密のオルゴール　池田美代子
- 迷宮のマーメイド　池田美代子
- 虹の国バビロン　池田美代子
- 海辺のラビリンス　池田美代子
- 幻の谷シャングリラ　池田美代子
- 太陽と月のしずく　池田美代子
- 氷と霧の国トゥーレ　池田美代子
- 白夜のプレリュード　池田美代子
- 黄金の国エルドラド　池田美代子
- 砂漠のアトランティス　池田美代子
- 冥府の国ラグナロータ　池田美代子
- 遥かなるニキラアイナ　池田美代子

新 妖界ナビ・ルナ シリーズ

- 新 妖界ナビ・ルナ(1)〜(11)　池田美代子
- 海色のANGEL《エンジェル》(1)〜(2)　池田美代子／作 手塚治虫／原案

テレパシー少女「蘭」シリーズ

- ねらわれた街　あさのあつこ
- 闇からのささやき　あさのあつこ
- 私の中に何かがいる　あさのあつこ
- 時を超えるSOS　あさのあつこ
- 髑髏《どくろ》は知っていた　あさのあつこ
- 人面瘡《じんめんそう》は夜笑う　あさのあつこ
- ゴースト館の謎　あさのあつこ
- さらわれた花嫁　あさのあつこ
- 宇宙《そら》からの訪問者　あさのあつこ

講談社　青い鳥文庫

12歳 ―出逢いの季節― (1)　あさのあつこ
風の館の物語 (1)～(4)　あさのあつこ

パティシエ☆すばる シリーズ

パティシエになりたい！　つくもようこ
ラズベリーケーキの罠《わな》　つくもようこ
記念日のケーキ屋さん　つくもようこ
誕生日ケーキの秘密　つくもようこ
ウエディングケーキ大作戦！　つくもようこ
キセキのチョコレート　つくもようこ
チーズケーキのめいろ　つくもようこ
夢のスイーツホテル　つくもようこ

龍神王子《ドラゴン・プリンス》！ シリーズ

龍神王子《ドラゴン・プリンス》！ (1)～(5)　宮下恵茉

獣の奏者 (1)～(8)　上橋菜穂子

七色王国と魔法の泡　香谷美季
七色王国と時の砂　香谷美季

超絶不運少女 (1)～(3)　石川宏千花
地獄堂霊界通信 (1)～(2)　香月日輪

魔法職人たんぽぽ (1)～(3)　佐藤まどか
ユニコーンの乙女 (1)～(3)　牧野　礼

それが神サマ!? (1)～(2)　橘　もも
学校の怪談 ベストセレクション　常光　徹

f シリーズ

SF・ファンタジー ふしぎがいっぱい！

宇宙人のしゅくだい　小松左京
空中都市008　小松左京
青い宇宙の冒険　小松左京
ショートショート傑作選 おーいでてこーい　星　新一
ショートショート傑作選2 ひとつの装置　星　新一
ねらわれた学園　眉村　卓
なぞの転校生　眉村　卓
ねじれた町　眉村　卓
まぼろしのペンフレンド　眉村　卓

おもしろい話がいっぱい！

パセリ伝説 水の国の少女(1)〜(12)　倉橋燿子
パセリ伝説外伝 守り石の予言　倉橋燿子
ラ・メール星物語 ラテラの樹　倉橋燿子
ラ・メール星物語 フラムに眠る石　倉橋燿子
ラ・メール星物語 フラムの青き炎　倉橋燿子
ラ・メール星物語 風の国の小さな女王　倉橋燿子
ラ・メール星物語 アクアの祈り　倉橋燿子
魔女の診療所(1)〜(8)　倉橋燿子
ドジ魔女ヒアリ(1)〜(3)　倉橋燿子

ポレポレ日記《ダイアリー》 シリーズ

ポレポレ日記《ダイアリー》(1)〜(2)　倉橋燿子

泣いちゃいそうだよ シリーズ

泣いちゃいそうだよ　小林深雪
もっと泣いちゃいそうだよ　小林深雪
いいこじゃないよ　小林深雪
ひとりじゃないよほんとは　小林深雪
好きだよ　小林深雪
かわいくなりたい　小林深雪
ホンキになりたい　小林深雪
いっしょにいようよ　小林深雪
もっとかわいくなりたい　小林深雪
夢中になりたい　小林深雪
信じていいの？　小林深雪
きらいじゃないよ　小林深雪
ずっといっしょにいようよ　小林深雪
やっぱりきらいじゃないよ　小林深雪
大好きがやってくる 七星《ななせ》編　小林深雪
大好きをつたえたい 北斗《ほくと》編　小林深雪
大好きな人がいる 北斗《ほくと》&七星《ななせ》編　小林深雪
泣いてないってば！　小林深雪
神様しか知らない秘密　小林深雪
七つの願いごと　小林深雪
転校生は魔法使い　小林深雪
わたしに魔法が使えたら　小林深雪
天使が味方についている　小林深雪
女の子ってなんでできてる？　小林深雪
男の子ってなんでできてる？　小林深雪

トキメキ♥図書館 シリーズ

トキメキ♥図書館(1)〜(10)　服部千春
予知夢がくる！(1)〜(6)　東 多江子
フェアリーキャット(1)〜(2)　東 多江子
ａｉｒ《エア》 だれも知らない5日間　名木田恵子
レネット ＋金色の林檎　名木田恵子
初恋×12歳　名木田恵子
友恋×12歳　名木田恵子
ギャング・エイジ　阿部夏丸
パパは誘拐犯　八束澄子
わたしの、好きな人　八束澄子
ハラヒレフラガール！　伊藤クミコ
おしゃれ怪盗クリスタル(1)〜(5)　伊藤クミコ

講談社　青い鳥文庫

桜小なんでも修理クラブ！(1)～(3)　深月ともみ
放課後ファンタスマ！(1)～(3)　桜木日向
ぼくはすし屋の三代目　佐川芳枝

氷の上のプリンセス シリーズ

氷の上のプリンセス(1)～(6)　風野潮
ビート・キッズ　風野潮

探偵チームKZ《カッズ》事件ノート シリーズ

消えた自転車は知っている　藤本ひとみ／原作　住滝良／文
切られたページは知っている　藤本ひとみ／原作　住滝良／文
キーホルダーは知っている　藤本ひとみ／原作　住滝良／文
卵ハンバーグは知っている　藤本ひとみ／原作　住滝良／文
緑の桜は知っている　藤本ひとみ／原作　住滝良／文
シンデレラ特急は知っている　藤本ひとみ／原作　住滝良／文
シンデレラの城は知っている　藤本ひとみ／原作　住滝良／文
クリスマスは知っている　藤本ひとみ／原作　住滝良／文
裏庭は知っている　藤本ひとみ／原作　住滝良／文
初恋は知っている　若武編　藤本ひとみ／原作　住滝良／文
天使が知っている　藤本ひとみ／原作　住滝良／文
バレンタインは知っている　藤本ひとみ／原作　住滝良／文
ハート虫は知っている　藤本ひとみ／原作　住滝良／文
お姫さまドレスは知っている　藤本ひとみ／原作　住滝良／文
青いダイヤが知っている　藤本ひとみ／原作　住滝良／文
赤い仮面は知っている　藤本ひとみ／原作　住滝良／文
黄金の雨は知っている　藤本ひとみ／原作　住滝良／文
七夕姫は知っている　藤本ひとみ／原作　住滝良／文
消えた美少女は知っている　藤本ひとみ／原作　住滝良／文

妖精チームG《ジェニ》事件ノート シリーズ

クリスマスケーキは知っている　藤本ひとみ／原作　住滝良／文
星形クッキーは知っている　藤本ひとみ／原作　住滝良／文

歴史発見！ドラマ シリーズ

マリー・アントワネット物語(上)(中)(下)　藤本ひとみ
美少女戦士ジャンヌ・ダルク物語　藤本ひとみ
新島八重《にいじまやえ》物語　幕末・維新の銃姫《じゅうき》　藤本ひとみ

戦国武将物語 シリーズ

織田信長　炎の生涯　小沢章友
豊臣秀吉　天下の夢　小沢章友
徳川家康　天下太平　小沢章友
黒田官兵衛　天下一の軍師　小沢章友
武田信玄と上杉謙信　小沢章友
真田幸村　風雲！真田丸　小沢章友
平清盛　運命の武士王　小沢章友
飛べ！龍馬　坂本龍馬物語　小沢章友
源氏物語　あさきゆめみし(1)～(5)　大和和紀／原作　時海結以／文
平家物語　夢を追う者　時海結以
竹取物語　蒼き月のかぐや姫　時海結以
枕草子　清少納言のかがやいた日々　時海結以

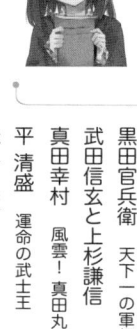

「講談社《こうだんしゃ》 青《あお》い鳥文庫《とりぶんこ》」刊行《かんこう》のことば

太陽《たいよう》と水《みず》と土《つち》のめぐみをうけて、葉《は》をしげらせ、花《はな》をさかせ、実《み》をむすんでいる森《もり》。小《こ》鳥《とり》や、けものや、こん虫《ちゅう》たちが、春《はる》・夏《なつ》・秋《あき》・冬《ふゆ》の生活《せいかつ》のリズムに合《あ》わせてくらしている森《もり》。森《もり》には、かぎりない自然《しぜん》の力《ちから》と、いのちのかがやきがあります。

本《ほん》の世界《せかい》も森《もり》と同《おな》じです。そこには、人間《にんげん》の理想《りそう》や知恵《ちえ》、夢《ゆめ》や楽《たの》しさがいっぱいつまっています。

本《ほん》の森《もり》をおとずれると、チルチルとミチルが「青《あお》い鳥《とり》」を追《お》い求《もと》めた旅《たび》で、さまざまな体験《たいけん》を得《え》たように、みなさんも思《おも》いがけないすばらしい世界《せかい》にめぐりあえて、心《こころ》をゆたかにするにちがいありません。

「講談社《こうだんしゃ》 青《あお》い鳥文庫《とりぶんこ》」は、七十年《ねん》の歴史《れきし》を持《も》つ講談社《こうだんしゃ》が、一人《ひとり》でも多《おお》くの人《ひと》のために、すぐれた作品《さくひん》をよりすぐり、安《やす》い定価《ていか》でおおくりする本《ほん》の森《もり》です。その一さつ一さつが、みなさんにとって、青《あお》い鳥《とり》であることをいのって出版《しゅっぱん》していきます。この森《もり》が美《うつく》しいみどりの葉《は》をしげらせ、あざやかな花《はな》を開《ひら》き、明日《あす》をになうみなさんの心《こころ》のふるさととして、大《おお》きく育《そだ》つよう、応援《おうえん》を願《ねが》っています。

昭和《しょうわ》五十五年《ねん》十一月《がつ》

講 談 社